最期

小杉健治

集英社文庫

目次

最期

第一章　裁判員指名

1

あまり世間の注目を浴びない事件だった。新聞の社会面に小さく載ったが、被害者と加害者の名前を誰も記憶していないだろう。

社会的弱者の視点に立つひとたちは看過できない社会の歪《ゆが》みの象徴のようにとらえるかもしれないが、多くの人々にとってこの事件は快速電車が通過する途中駅のように見過ごすもので、そんな事件があったなと思うだけであった。

貝原《かいばら》茂樹《しげき》もそんな人間のひとりだった。そういう点では気が楽だと、裁判員に選ばれた貝原は余裕があった。

控室になっている評議室で開廷を待っている他の裁判員の表情にも緊張感はあるが、総じて落ち着いていた。

「では、参りましょうか」

黒縁の眼鏡をかけた裁判長が立ち上がって声をかけた。

さすがにこれから法廷に向かうとなって心が騒いで思わず深呼吸をしたが、貝原はすぐ落ち着きを取り戻した。

貝原ら裁判員は裁判官のあとに従って法廷に向かった。

まさか自分が裁判員に選ばれるとは思っていなかった。今年還暦を迎える貝原は三年前に妻を亡くし、子どももいなかったので、今は気ままなひとり暮らしだ。

裁判員の候補通知が来たときは、かえって退屈凌《しの》ぎにいいと思った程度で、ほんとうに自分が選ばれるとは思わなかった。

裁判所からの呼出し状が届いて、東京地裁に赴いたときも、裁判員候補者の待合室となった会議室には大勢の候補者がいた。裁判員に選ばれる確率は低いと思いながら、担当する事件の概要を聞いた。

岩田貞夫《いわたさだお》という七十七歳のホームレスが二十七歳の馬淵将也《まぶちまさや》という青年を鉄パイプで殴り殺したというものだった。馬淵将也は派遣社員としての契約を打ち切られたあと新たな仕事先が見つからず、ネットカフェなどで過ごしてきたが金が尽き、ホームレスになったということだった。

当然ながら、事件と関わりのある者は裁判員になることは出来ない。貝原には無縁の加害者と被害者であった。

七十歳以上のひと、介護が必要な家族がいるなどの理由があるひとは辞退を許されたが、貝原はいずれにも相当せず、また積極的に辞退をしたいとも思わなかった。

検察官、弁護人はそれぞれ四人まで裁判員を排除出来る。偏った考えの持ち主はその段階で外された。

貝原は検察官、弁護人双方から簡単な質問を受けたが、排除されることはなかった。

裁判官に続き、他の裁判員とともに法廷に入った。裁判員は一段高い壇上に、三人の裁判官とともに横一列に並んで座る。

思ったとおり傍聴席はがらがらで、隅に年寄りの小肥《こぶと》りの男性がひとりいるだけであった。このことも気持ちに余裕をもたらした。

世間の注目を集める事件で、傍聴人も大勢押しかけてくるような裁判の裁判員にならなくてよかったと、つくづく思うのだった。

それでも、「開廷いたします」という裁判長の声を聞いたとき、貝原は身の引き締まる思いだった。

「被告人は前へ」

弁護人と並んで座っていた被告人がゆっくり立ち上がった。

証言台に向かった被告人は髪はぼさぼさだが髭《ひげ》は剃《そ》っていて、身ぎれいにしていた。

それでも長年のホームレス暮らしを物語るように歯は抜け、目脂《めやに》がついていた。

「名前は？」

裁判長が人定《じんてい》質問をはじめる。

「…………」

被告人は口を開きかけたが、すぐには声が出ない。

「名前は？」

裁判長がもう一度訊《たず》ねる。

「岩田……貞夫です」

滑舌が悪く、聞き取りにくい。

「生年月日は？」

「…………」

被告人はしばらくして、

「今、七十七です」

と、年齢を答えた。

続いて、本籍、住所、職業の順にきかれたが、満足に答えられなかった。ホームレスだから住所不定、職業は無職である。

弁護人の助けを借り、型通りの質問に答えて、被告人は被告人席に戻った。

座ったあと、被告人は耳たぶを手の指の背ではさんでもみはじめた。そのとき、おやっと思った。

「検察官、起訴状の朗読を」

裁判長が声をかけた。

検察官が起訴状を持って立ち上がった。

「平成二十八年十月十二日午後八時三十分ごろ、被告人は葛飾《かつしか》区四《よ》つ木《ぎ》一丁目の荒川河川敷で馬淵将也に対し日頃の恨みを晴らそうと……」

貝原はさっきから胸の辺りに違和感があった。耳たぶを手の指の背ではさんでもむ癖を持つ男を知っていた。

同じ癖の持ち主だと思った。

「被告人は前へ」

被告人が再び証言台に立った。よく見ると違うようだ。やはり、思い違いか。

裁判長は被告人の陳述に先立って、黙秘権や供述拒否権について説明してから、問いかけた。

「では、訊ねます。さきほど検察官が読み上げた公訴事実は間違いありませんか。それとも被告人にとって何か異論がありますか」

「違います。私は殺していません」

聞き取りづらかったが、意志の籠もった力強い口調だった。

「弁護人はいかがですか」

裁判長が弁護人に声をかけた。

弁護士の鶴見京介《つるみきようすけ》がすっくと立ち上がり、

「被告人は無実です」

と、起訴状の事実を否定した。

言い方に気負いや衒《てら》いはなく、静かな物言いにこれが真実だと思わせるような重みがあった。

三十過ぎぐらいで、まだ学生っぽい若さにあふれているが、自信から来る風格のようなものが漂っている。

「それでは検察官、冒頭陳述をお願いします」

裁判長が検察官に声をかけた。

検察官が立ち上がった。

検察官は被告人の生い立ちから話しはじめた。

「被告人は昭和十五年四月二日に、秋田県大館市《おおだて》××にて岩田竹蔵とかねの次男として……。昭和三十一年に××中学校を卒業して集団就職で東京都足立区……」

貝原は被告人を見ていた。検察官の声に耳を塞ぐように両手を耳に当てて俯《うつむ》いている。

経歴を聞きながら、貝原はますます被告人の様子に目を凝らした。

昭和四十七年、被告人は勤め先の足立区にある千住モータースの倒産後、解体業や運送会社などに勤務したが、人間関係に躓《つまず》いて会社勤めをやめ、四十歳のときから山谷《さんや》に住み、日雇い労働者としてその日暮らしをしてきた。五十歳のときに体を壊して働けなくなり、それからは路上生活者になったと検察官は言う。

秋田県の実家に家族はもういない。実家は兄の子どもが継いでいるが、五十年以上音信不通の岩田はもはや赤の他人だったという。

ホームレスになって二十七年。そして、五年前から葛飾区四つ木一丁目の荒川河川敷でブルーシートのテント暮らしをしてきた。

まるで、貝原の視線に気づいたように岩田が顔を上げる。

その瞬間、深い皺《しわ》が刻まれた岩田の顔に若い日のある男の顔が重なった。老いて眉や目尻が垂れ、頬もこけているが、顔の輪郭がまさに一致した。いや、正確にはそんな感じがしただけだ。

記憶はあやふやだ。あの男の顔の輪郭が岩田と同じものだったかどうか自信はない。岩田の輪郭を、耳たぶを指の背ではさんでもむ癖のある男の記憶に当てはめてしまったのかもしれない。

検察官の冒頭陳述が続いている。

荒川河川敷のホームレスの住処《すみか》に新参者の馬淵将也がやってきた。

派遣社員だった馬淵がホームレスになったのは一年前だという。荒川河川敷にやってきたのは半年前だ。

若い馬淵は荒川河川敷に住む二十人近いホームレスを支配するようになった。そのことに不満を持った元からいるホームレスが文句を言うと、反対に殴られたり蹴られたりした。ホームレスたちはかなり反感を抱いていたらしいが、馬淵の腕力の前には黙るしかなかった。

特に、馬淵からこき使われたのは岩田で、コンビニで廃棄処分になった弁当をもらいに行かされたり、空き缶集めで得た金で酒を買わされたり、まるで召し使いのようだった。

去年の十月十三日の朝、四ツ木橋の近くの草むらから馬淵将也の死体が見つかった。鉄パイプで殴られていた。凶器と思える血糊《ちのり》のついた鉄パイプが岩田のブルーシートのテントの後ろから見つかった。

岩田は数日前にちょっとしたことで馬淵の怒りを買い、襟首を摑《つか》まれ、引きずり回された。おとなしい岩田も、さすがに馬淵への怒りを抑えきれずに犯行に及んだというものだった。

鉄パイプは岩田のもので、当然ながら岩田の指紋がついていた。馬淵のテントの中が荒らされていて何かを探した形跡があった。

岩田のテントの中に、馬淵が持っていた腕時計や財布が隠してあった。こういう証拠を得て、岩田が逮捕されたのだ。

モニター画面には、荒川河川敷のブルーシートの家が映し出されている。岩田の家と馬淵の家だ。両者の家の間には十メートルぐらいの距離があるが、隣同士だ。馬淵の死体が見つかった場所は馬淵のテントから二十メートルほど離れた草むらだった。

検察官の冒頭陳述が終わったあと、弁護人の鶴見弁護士が冒頭陳述のために立ち上がった。

「弁護人は被告人を無実だと思っています。支配者になっていく馬淵に対してもはや誰も抗議をしなくなっていました。馬淵は自分に逆らうものは力でねじ伏せました。暴力を恐れたホームレスたちは馬淵の言いなりでした。被告人も例外ではありません。馬淵から下僕のように扱われても、それを甘んじて受け入れていました。被告人には怒りから馬淵を殺すなどという行動力はありません。ただ、そんな被告人をはめた人間がいたのです。では、それはいったい誰か」

弁護人は静かな口調で続ける。

「そもそも、なぜ、馬淵将也は荒川河川敷にやってきたのでしょうか。若い馬淵にはその気になれば働き口はたくさんあったはずです。それなのに、なぜでしょうか。ここに、本件の重大な鍵が隠されているように思えてなりません。この件が明らかになれば、被告人の無実の立証に大いに役立つものだと信じていますが、弁護人がこのことを調べるには限界があり……」

弁護人の冒頭陳述の間も、岩田は一度だけ耳たぶをもんだ。

微《かす》かに若いころの面影がある。だが、突然闖入《ちんにゅう》した馬淵という支配者に対して何も抵抗を示さなかったというのは信じられない。

もし、岩田が自分の思っている人間であったら、馬淵のような男を決して許したりしないはずだ。

弁護人が席に落ち着くのを待ってから、裁判長が口を開いた。

「本裁判の大きな争点は、検察官が主張するように、被告人が鉄パイプで被害者の頭部を殴打し、死に至らしめたか、弁護人が主張するように、被告人は何者かにはめられて犯人にされたかです」

裁判長は争点という言葉を使って裁判のポイントを説明し、

「これから二十分の休憩を取り、十一時十五分から検察側提出の証拠調べを行ないます。さらに、検察側の証人である警視庁捜査一課の石沢《いしざわ》警部補の証人尋問を行ないます」

休廷になった。

部屋に引き上げるとき、もう一度貝原は岩田の顔を見た。顔はすっかり変わってしまったが、体つきは昔と変わらないようだ。

評議室に戻ってから、六人の裁判員とふたりの補充員は、裁判長とふたりの陪席裁判官を囲むように楕円《だえん》形のテーブルについた。

「今までのやりとりの中で、何かご不明な点はありますか」

裁判長が裁判員一同の顔を見回した。

「よろしいですか」

五十代と思える宮田という男性が口を開いた。

「どうぞ」

裁判長は質問を促す。

「裁判の争点は、被告人が鉄パイプで被害者を殴ったか、被告人は何者かにはめられたかということですね」

「そうです」

「動機はどうなんでしょうか。被告人は被害者からこき使われていたそうですが、検察官はそのことに怒りを覚えて殺したと言い、弁護人はこき使われたことを素直に受け入れていたと言いました。そのことは争点にならないのですか」

宮田は続ける。

「検察官は被告人が怒りを覚えたことを明らかにする必要はないんですか。検察官としては被告人が鉄パイプで殴ったことを証明すれば、必然的に動機はこき使われていたからということになると考えているのでしょう。でも、ほんとうはまったく別の理由で襲ったという可能性もあるわけですよね。おそらく、そのこと以外に動機になりうるものが見つからなかったのでしょう。怒りはなかったと主張する弁護側も、なかった証拠を示すより、何者かにはめられたことを証明することで、怒りはなかったことを明らかにするつもりでしょう」

裁判長は諭すように、

「仮に、大きな動機があったとしても、ほんとうに犯罪を実行したかどうかは別ですから」

「そうですね。わかりました」

宮田は引き下がった。

「他にどなたか」

誰も口を開く者がいなかったので、貝原がきいた。

「人定質問で、被告人の答えに疑問を抱いたのですが」

「疑問ですか」

「はい。名前を言うときも迷いながらで、生年月日も満足に答えられなかった。被告人はほんとうに岩田貞夫という人間なのですか」

貝原の質問に裁判長は微かに眉を寄せ、

「警察が調べたわけですから。何か、気になることがおありですか」

と、困惑ぎみにきいた。

「被告人は四十歳のとき山谷に住み着いたのです。家族とも断絶して生きてきて今はホームレス。ほんとうに岩田貞夫が本名なのかと思いまして」

「岩田貞夫の名を借りているとお考えなのですか」

「まあ」

「根拠はなんですか」

「ありません」

昔の知り合いに似ているという漠然としたものしかない。

「犯罪を犯したとして逮捕された岩田貞夫本人が法廷に出廷しているのは間違いありません」

「すみません、よけいなことをおききしまして」

「いえ。そろそろ、時間のようですね」

裁判長が壁の時計に目をやった。

二十分間の休憩が終わり、貝原は再び裁判員席についた。

「それでは証拠調べに入ります。検察官、要旨を説明してください」

裁判長の声で、審理が再開された。

「証拠書類は、死亡診断書、解剖医の供述書、被告人の精神鑑定書、被告人のブルーシートの家から押収した被害者の腕時計、財布……」

検察官は個々について説明をはじめたが、中でも貝原が安堵《あんど》したのは、被告人には認知症などの諸症状は見られないという鑑定医の報告の内容だった。被告人は七十七歳だが、肉体的にも精神的にも健康であることが貝原を安心させ、つい思いを他に向かわせていた。

被告人は岩田貞夫を名乗っているが、本名ではない。被告人の傍《そば》に行き、船尾《ふなお》さんではありませんかと、問い掛けたかった。

船尾哲三《てつぞう》、それが貝原が疑っている男の名前だ。

しかし、誰にも信じてもらえないだろう。貝原が最後に船尾に会ったのは昭和四十七年のことだ。そして、そのとき、貝原は十四歳の中学二年生であった。

十四歳の中学生が船尾哲三を最後に見てから四十五年。岩田を船尾哲三ではないかと言って誰が真に受けるだろうか。

だが、被告人は貝原にとっての英雄、船尾哲三そのひとに間違いないと思った。

2

貝原茂樹は昭和三十二年に四日市《よっかいち》市塩浜地区で生まれた。四日市港の近くで、父と母は農家の人間だった。

　室町時代に四のつく日に市が開かれたことから名づけられたという四日市。その中心である四日市駅前は子ども心にも都会の華やかさを感じるところで、父と母に連れられて行くのが楽しみだった。

　呉服町通りと書かれたアーチのあるアーケードの商店街は、洋服、靴、化粧品などの店の色とりどりの看板が目を楽しませた。だが、幼い貝原の目的は遊園地や映画館だった。

　近鉄四日市駅に並んで近鉄百貨店があり、その屋上に遊園地、向かいに映画館があった。

　母の実家のある磯津《いそづ》は伊勢湾に面していて、祖父は漁師をしていた。

　貝原は鈴鹿《すずか》川の近くにある祖父の家によく遊びに行ったが、いつも祖父は暗い顔をしていた。

「伊勢湾の魚は、木曽川の真水と海水がほどよく混ざってな、うまいと評判だった。夏に獲《と》れるスズキは高級魚だと言われていた」

祖父はそう昔を語って唇を噛《か》んだ。

戦後、日本政府は経済を立て直すために石油化学産業第一期計画を発表した。それによって、四日市に石油化学コンビナートが建設され、エチレン工場、石油精製所、発電所、石油化学関連の製造工場が昭和三十四年に稼働をはじめたのだ。

祖父たちは工場が出来たときはとても喜んだらしい。大きな工場が造られて、四日市に大勢のひとたちが集まってくる、そうなれば、自分たちが獲ったエビやカレイは高値で売れる。そういう期待が膨らんだそうだ。

だが、それが悪夢に変わるのに時間はかからなかった。

昭和三十五年三月、東京築地の中央卸売市場で、伊勢湾の魚、とくに四日市沖で獲れた魚は「油っぽい臭いがある」と言われ、買いたたきやキャンセルが起こった。このため、漁民の生活が苦しくなった。

石油化学工場が排水を海に流し、海の生物に甚大な被害を与えたのだ。漁民たちは漁協を通して県や市、そして会社に抗議をしたが、埒《らち》が明かなかった。

そして、翌三十六年夏ごろからこの磯津地区に喘息《ぜんそく》患者が集団的に発生するようになった。祖父もそのひとりだった。

工場では燃料として重油を燃やす。重油が燃やされると、亜硫酸ガスが発生し、それが主な原因となって呼吸器の病気になる。

四日市市が「磯津地区の亜硫酸ガス濃度が他地区の六倍」と報告するも、国は工業の発展を優先し、石油化学産業の計画はどんどん進められていった。

昭和三十八年六月、異臭魚問題で、磯津の漁民が中部電力三重火力発電所の排水口を廃船と土囊《どのう》で塞ごうと実力行使に出たが、塩浜連合自治会長の「知事に会わせて解決をはかる」という取りなしで中止した。だが、その後の進展がないまま、その年の十一月に午起《うまおこし》の第二コンビナートが本格操業を開始した。

その間、七月の社会党・共産党・革新議員団らで構成する四日市公害対策協議会発足に続き、十一月には厚生・通産両省の四日市地区大気汚染特別調査会が四日市を訪れ、現地調査をした。

こういった経緯を辿《たど》っていたが、祖父の喘息は悪化し、発作が起こりやすい夜は塩浜病院の空気清浄室で過ごすようになった。

第二コンビナートが操業し、高い煙突から亜硫酸ガスが放出されて、喘息の被害は海岸部の全域に広がった。

翌三十九年、喘息の被害は当時小学一年生だった貝原にも及んだ。

貝原は気管支喘息で、急に胸が押さえつけられるようになり、激しい咳《せき》が出て、息をするのも苦しくなった。

喘息のやっかいなところは、発作が起きない限り、見た目にはわからないことだ。発作は夜中や明け方に起こる。夜中に起これればぜいぜい言って苦しくて発作が治まるまで眠れず、したがって翌日は朝起きられない。

学校に行けずに休む。昼間はなんともないので、なまけ病と非難されることになる。

母は夜中に貝原が発作を起こせば起きて背中をさすってくれる。母だって、ゆっくり眠れないのだ。

そうした中、同じ年、元石原産業の従業員で、塩浜在住の六十二歳の男性が肺気腫で死亡した。最初の公害犠牲者である。

肺気腫は肺の細胞が冒され呼吸困難となり、酸素吸入をしなければならなくなる症状で、悪化すれば命を落とす。

昭和四十年に四日市市単独の公害病患者認定制度が発足した。医療審査会の審査で十八人が公害病と認定され、医療費は無料になった。

祖父は喘息で塩浜病院に入院していたが、公害病患者の認定を受けていた。

翌年七月には、公害病認定患者のひとりである七十五歳の男性が苦しさのあまりに自殺した。

昭和四十二年の春、貝原は十歳になろうとしていた。喘息の発作はあるものの入院するほどではなかった。ただ、定期的に診察は受けていた。

ある日、貝原は母といっしょに診察のために病院に行き、帰りに祖父の病室に寄った。同じ認定を受けて入院していた仲間の野島貞一《のじまていいち》という三十代の漁師が、祖父のベッドの傍に来て訴えていた。

彼は入院中の病院を抜け出して、コンビナートの各会社に抗議に行ったという。

「こんな病気になったのはお宅の会社で出しているガスのせいではないかときいたが、うちは関係ない、国がいいと言っているから操業しているのであって、あんたらに文句言われる筋合いはないと言われた。隣の会社に行っても同じで、六社回ったがすべて同じことを言われた」

さらに、野島は市役所に行ったが、国がやっていることで市は関知していないと言われ、県庁にも行ったが、同じように国がやっていることだからと言われたと話していた。

「よろしいですか」
二十五、六歳と思える細身の男がふたりの会話に割り込んできた。塩浜中学校の教諭の船尾哲三と名乗った。赴任してきてから公害問題に興味を持ち、調べているらしい。入院している生徒の見舞いに来て、たまたま、ふたりの会話を耳にしたという。
「誰でも健康で豊かに暮らせる権利があるんです。憲法でも謳《うた》っています。裁判にかけたらどうですか」

「裁判ですと」

祖父は首を横に振り、

「天下の三菱や昭和石油相手に裁判して勝てるわけはない。よしんば一審で勝っても、相手は大企業の面子《メンツ》にかけて控訴し、徹底的に闘ってくる。裁判は金がかかる」

「そうだ。俺の相手をした会社側の人間も悪いことをしたという意識などまったくない、逆に俺たちを訴えてくるんじゃないか。大企業を相手に勝てるわけがない。負けたら損害賠償やらで、家や土地を売ってまで金を作って最後には無一文に……」

野島が悔しそうに言う。

再び、祖父が口を開いた。

「海の汚染による異臭魚問題でも、発電所の排水口を変えろという要求は通らず、僅かな補償金が支払われただけで終わったんだ。大企業の後ろには国がついている。いくら騒いだって、結局俺たちは見捨てられるだけだ」

「それで我慢出来るのですか」

船尾が激しい口調で口をはさんだ。

「このままで、ほんとうにいいんですか。死ぬまで病院の世話になり、病院の窓から亜硫酸ガスを含む煙がもくもくと出るのを眺め、他のひともやがて同じ病気にかかって死んでいく。そんなことでいいのですか」

船尾は祖父を説いた。

「やりませんか。私もいっしょに闘います」

船尾は意気込んで言う。

「なぜ、先生がそこまで？」

祖父は不思議そうにきいた。

「私は三年前に塩浜中学校に赴任しました。そこで、喘息の生徒が何人もいたことに驚きました。それで、この地域で起こっていることを調べはじめたのです」

そう説明したが、実際には船尾が付き合っていた女性が塩浜の人間で、彼女も喘息を患っていた。その女性が亡くなったことがきっかけらしい。

そのことを貝原はあとで知った。いわば、船尾にとっては恋人の敵討ちの意味合いが強かったのかもしれない。

それでも、そういう人間がいたことで事態が大きく動くことになったのだ。

「企業と闘いましょう。国と闘いましょう。四日市に住む人々のために、これから生まれてくる子どもたちのためにきれいな空気を取り戻しましょう」

少年だった貝原は、船尾の鬼気せまる迫力に身の震える思いだった。

「闘うたってどうすればいいんだ？　裁判には金がかかる。そんな金は俺たちにはねえ」

祖父は自嘲ぎみに言う。

「支援団体に頼んでカンパを募りましょう。弁護士の先生のほうならだいじょうぶです。名古屋弁護士会所属の弁護士さんたちで作った東海労働弁護団と、社会党・共産党・革新議員団らで構成する四日市公害対策協議会が公害訴訟の件で協議をしているそうです。そこの弁護士に頼みましょう」

「そこで公害訴訟をするなら、そこに任せればいいだろう」

祖父が言う。

「いえ、実際に被害に遭い、今も苦しんでいるひとが訴えるほうが裁判所に窮状をわかってもらえるのです。あなた方が裁判を起こすことのほうが効果があるのです」

「よし、このまま死んでいくのを待っても何もならない。闘おう」

祖父の目がらんらんと輝いた。

「やろう」

野島も気負ったように祖父の手を握った。

それから船尾が駆けずり回り、訴訟の準備が整っていった。

当時、磯津の患者は二百人ぐらいいたが、弁護士の意見に従い、はっきりした患者だけに絞って闘うほうが効果があるということで、若いひと、年寄り、男、女という形で九人を選び出した。祖父と仲間の漁師も含まれていた。

訴訟の準備が整っていく中で、六月に公害病認定患者のひとりである六十歳の男性が自殺した。病の苦しさに耐えられなかったのだ。

またひとり亡くなったことで、被害者たちはなおさら裁判に向けて情熱を燃やしていった。

そして九月、磯津の公害病認定患者九名が、第一コンビナート六社を相手取って津《つ》地裁に訴訟を起こした。

その一カ月後、塩浜中学校三年生のひとりが公害病のために死亡した。その生徒の担任が船尾だった。

生徒の死にショックを受けたのか船尾は教師をやめて、祖父たちの支援に専念するようになった。

前々から、教師をやりながらの支援には限度があり、教師をやめることを考えていたらしい。生徒の死に直面して、船尾は公害訴訟に全面的に関わろうと退職を決意したということだった。

船尾は祖父をはじめ原告のひとたちと東京まで行って訴訟支援を訴え、カンパを呼びかけたこともあったという。訴訟に反対する団体が船尾たちを取り囲んで、訴えをやめさせようとしたときには、船尾はひとりでその団体とやりあったという。

船尾はどんな妨害にも負けず、祖父たちのために闘った。

十一月には訴訟を起こしたことを受けて、「四日市公害訴訟を支持する会」が発足した。

支持する会の発足にあたり、県や市、あるいは裁判所職員、国家公務員、さらに教職員組合などにも呼びかけたが、民間企業の地区労働組合は次々と抜けていった。被告が自分たちの所属する企業だと知って、支持をしづらくなっていったのだ。

結局、「四日市公害訴訟を支持する会」は公務員共闘で組織化されたのだ。この発足にも船尾が動いていたという。

船尾は全国の労働者団体の組織の集会に参加し、そこで四日市公害訴訟への支持を訴え、カンパを呼びかけた。

貝原は船尾の精力的な動きを祖父から聞いていて、いつも感銘を受けていた。自分の身を犠牲にしてまで、公害被害者のために働いていたのだ。

その年の十二月一日に四日市公害訴訟第一回の口頭弁論が行なわれ、教職を離れ自由になった船尾は裁判を傍聴することが出来た。以降、船尾はすべての裁判を傍聴したらしい。

昭和四十三年七月には、裁判長をはじめとする裁判所関係者が磯津などの現地調査をした。

この裁判は起訴から五年後の昭和四十七年まで続いたが、その間に、小学一年生がひとり、公害病のために死去。そして、訴訟原告のひとりの高齢者が塩浜病院で、さらに判決の一年前に、原告の中で一番若かった三十八歳の女性が同じ塩浜病院で亡くなった。被害者は増える一方なのに、昭和四十六年十二月、四日市市議会は「第三コンビナート増設のための霞ケ浦《かすみがうら》第二次埋め立て」を議決。企業側は、「出島方式でやるので公害の心配はない」とし、第三コンビナートの建設は進められ、四日市の海をどんどん失《な》くしていった。

昭和四十七年二月一日、裁判の結審の日を迎えた。口頭弁論は五十四回に及んだ。十四歳の貝原は船尾と傍聴席に並んで、被告の企業側弁護人の主張を固唾《の》を呑んで聞いた。

――これまで詳しく述べてきたように、疫学的、医学的、気象学的にみても、硫黄酸化物と四日市喘息とは関係がないことは、ご理解いただけるはずである。特に、問題となっている公害病の症状は、昔から、どこにでもある、ごくありふれた病気である。このありふれた病気を、他の地域で起こった公害のような医学的にはっきりした特殊な病気と同じように言われてはかなわない、というのが我々被告側の気持ちである。

原告側は、「亜硫酸ガスが有毒であることは知っていたはずだ」と言うが、問題となっている亜硫酸ガスは、極めて低濃度のものであり、しかも、それについては「有毒ではない」というのが世界的にも認められつつある現在において、「注意義務を怠った」と言われる筋合いはまったくないのである。

さらに各工場とも、硫黄酸化物の排出については細心の注意を払い、その時代における最新技術の設備によって量を抑えるように努力してきたのである。したがって法律上、故意ではないことはもちろん、過失もないのである。

また原告側は、「共同不法行為」であると言っているが、世間が「第一コンビナート」と呼んでいるだけで、それぞれ関連性のない企業同士の「共同性」を論じることは、法律上まったく無意味である。

被告企業六社のそれぞれの最終陳述が終わって、原告本人陳述が行なわれた。

祖父の仲間である野島貞一が陳述をした。

――私は漁師の中でも体は大きく、健康には自信がありました。ところが、コンビナートが出来たため体の不調を来すようになったのです。以前に、こんな病気があったかどうか、裁判長さんはご存じのはずです。

企業のほうはうちのところじゃない、うちのところじゃないと言います。じゃあ、磯津へはいったいどこから煙が来たというのですか。磯津は地から煙が出たというのですか。あまりにも無責任ではありませんか。

この五年間という月日の間には、九人おった原告のうち、ふたりのひとが亡くなりました。この上、やれ高裁だ、やれ最高裁だと裁判を長引かせ、問題の解決を先延ばしにしたら、どんどん死者が出てくるんです。裁判長さんには一日も早く勇気ある判決を出していただき、こんな病気になって明日をもしれぬ身にも、皆で楽しく笑って暮らせるような日を迎えさせてください。裁判長さん、よろしくお願いいたします。

続いて原告遺族の意見陳述が行なわれた。最初は漁業をしている四十一歳の男性で、妻が気管支喘息、肺気腫で亡くなっている。

——長い裁判でしたが、いよいよ本日結審を迎えることになりました。でも、喜んでいいのか、悲しんでいいのか、複雑な気持ちです。亡き妻も、もう少し生きながらえていたら、きょうの結審を、また判決を心待ちにしていたと思います。

先ほどから、企業側の弁護人の話を聞いていますと、まったく責任はないと言うばかり。では、いったい、家内はなぜ病で死ななければならなかったのでしょう。ふたりの子を残して、どんなに悔しかったでしょう。私も悔しくてなりません。企業側の弁護士さんもひとの子であり、ひとの親であるはずです。ぼくたちの家庭の悲劇が、あなた方の身に降りかかったらどう思いますか。

最後に、裁判長にお願いすることは、一日も早く公明正大な、すがすがしい判決をされんことを、せつに、せつにお願いして終わらせていただきます。

最後に、母親を亡くした十六歳の喘息患者の少女だ。

——長かった公害裁判も、いよいよ結審となりました。母と高校生活を奪った公害を憎いと思います。幼い妹や弟が、日に日に母のことを思い、悲しんでいるのを見ているとかわいそうでなりません。

一日も早く、きれいな空気の吸える四日市に、公害のない、住みよい社会にして欲しいと思います。裁判長さん、一日も早く正しい判決をしてください。亡き母もそのことを望んでいると思います。

その年の七月二十四日、津地裁四日市支部で判決が言い渡された。

——主文。被告は各自連帯して、原告らに対し、計八八二一万一八二三円を支払うこと。この判決は仮に執行することが出来る。

判決理由。被告ら工場は昭和三十三年乃至《ないし》三十五年ごろ本格操業にはいり、稼働開始後、重油等を使用し、硫黄酸化物等のばい煙を継続して大気中に排出していた。

原告らは、三十六年から四十年までの間に閉塞性肺疾患に罹患《りかん》したが、主要因子は、被告らの工場から排出された硫黄酸化物を主にした大気汚染であると認められる。

被告ら工場は、集団的に立地し、ばい煙の排出を継続しているから、共同不法行為が成立する。一部の被告の硫黄酸化物は少量であるが、他の被告と強い関連共同性があるので、共同不法行為の責任は免れない。

ひとの生命、身体に危険があるような汚染物質を出すとき、企業は経済性を度外視して世界最高の技術知識を動員して防止すべきである。


四日市公害訴訟は原告勝訴で終わった。

原告・弁護団・支援団体は被告企業に対して、控訴しないよう働きかけた。船尾もいっしょに行動していた。その結果、誓約書が交わされ、企業は控訴を断念した。

訴訟を起こしたあとでも、弁護団・支援団体の誰も大企業を相手に勝てるとは思っていなかったそうだ。そんな中でひとりだけ、勝てる勝てないではない、勝つのだと言い続け、皆を鼓舞していったのが船尾哲三だった。

判決が出たとき、皆は跳び上がって喜んだ。まさか、あんな判決が出るとは思わなかったというのが正直な気持ちだったのだ。

判決から数日後、裁判の報告をかねた祝勝会に船尾哲三の姿はなかったという。船尾が密《ひそ》かに四日市を出て行ったことを貝原が知ったのはそれから間もなくだった。

3

あれから四十五年、四日市公害裁判が終わったあと、姿を消した船尾哲三と思われる男が目の前にいる。当時三十二歳だった船尾は現在七十七歳だ。中学生だった貝原も今年六十歳になる。

あのとき、貝原は船尾がいなくなって心がぽっかり空いたようになっていた。中学生の少年にとって船尾は英雄であった。

船尾が祖父たちに闘いを勧めなければあのような結果は得られなかった。誰もが全国に名の知れた大企業を相手に勝てるとは思っていなかった中で、船尾だけは違った。船尾の情熱がなければ、その後の四日市の発展はなかったと言っていい。

裁判のあと、各企業は二度と公害を起こさないための努力と研究を続け、現在では四日市のコンビナート各社の公害防止設備は、世界でも最高の水準を誇り、世界各国からその公害防止技術を学ぶために多くのひとがやってくるようになったのだ。

船尾が四日市の公害に真正面に取り組むきっかけになったのは恋人の死だ。あとから聞いた話だが、恋人は瀬尾文子《せおふみこ》という二十二歳の塩浜在住の女性で、喘息で苦しんでいたという。

公害企業と闘う動機は恋人の敵を討つことだったかもしれないが、それだけであれほどの情熱を傾けられるはずはない。教師の職をやめ、すべてを公害との闘いに捧《ささ》げたのも、弱者のため、亡くなった教え子のために身を捧げるという崇高な精神からのはずだ。

船尾の働きぶりは祖父をはじめ、多くのひとが讃《たた》えていた。なぜ、船尾は公害と闘った人々とともに、裁判の勝利を喜びあわなかったのか。

原告勝利を確かめて、船尾はひと知れず、四日市を去った。

四十五年前の記憶にある船尾と、岩田貞夫と名乗っている被告人の顔を頭の中で見比べてみる。

老いた顔は当時の精力的な顔とは結びつかない。だが、耳を指の背ではさんでもむ癖やちょっとしたときに見せる悲しげな表情に船尾の面影を見いだす。

船尾の右の二の腕に三つ並んだ黒子《ほくろ》があったことを覚えている。被告人の右腕を見てみたいと思いながら、貝原は検察官の証人として証言台に立った人物に目を向けた。

証言台に立ったのは四十年配の男で、黒いセーターの上に白っぽいブレザーを着ている。色白で、どこか気弱そうな感じだった。

「お名前は？」

裁判長が訊ねる。

「早川三郎です」

緊張しているのか微かに声に震えを帯びていた。

「住所は？」

「葛飾区四つ木一丁目……」

職業は会社員、四十一歳だと答えた。

型どおりに人定尋問が済んでから、

「では、まず宣誓書を朗読してください」

と、裁判長は告げる。

早川三郎は微かに震える手で廷吏から宣誓書を受け取った。そして、廷吏の起立の声で、法廷内の全員が立ち上がる。

「宣誓。良心にしたがって、真実を述べ、何事も隠さず、偽りを述べないことを誓います。証人、早川三郎」

早川はやや甲高い声で宣誓書を読み上げた。

「宣誓書に署名、捺印《なついん》をしてください」

裁判長に言われ、証人はポケットから印鑑を取り出す。

「尋問に先立って注意いたします。ただ今、朗読したのは嘘《うそ》を言わないという誓いの書面です。証人が故意に嘘の証言をしますと、それが嘘とわかった場合、偽証罪として処罰されることがあります。ただ、真実の証言をすることによって、証人自身や証人の近親者の犯罪が明るみに出るなど……」

裁判長は偽証の罪、証言拒否権のあることを証人に告げてから、証人に腰掛けるように言った。

「それでは検察官、主尋問をはじめてください」

裁判長の声で、検察官が立ち上がる。

「あなたのお住まいは葛飾区四つ木一丁目ということですが、荒川河川敷には近いのですか」

「はい。私の家は土手下にあります。土手を上がった向こう側は河川敷です」

早川は緊張した面持ちで答える。

「河川敷にはよく行きますか」

「はい、行きます」

「どんな用で？」

「犬の散歩のためです」

「ちなみに犬の種類は？」

「柴犬《しばいぬ》です」

「何年ぐらい飼っているのですか」

「八年です」

「散歩はあなたが？」

「朝は家内が、夜は私が連れていきます」

「日曜日は？」

「休日のときは朝も私がします」

犬のことをきいているのは、証人の緊張をほぐすためのようだ。

「散歩のコースは？」

「橋の下を川っぷちまで行き、川沿いを歩いて行きます」

「川沿いには何かありますか」

「はい、ブルーシートの家があります」

このころになって、証人の声もだいぶ滑らかになっていった。

「あなたはそこの住人と顔を合わせることはありますか」

「あります」

「被告人の顔を見たことはありますか」

「はい。何度か見かけたことがあります」

「名前を知っていますか」

「知りません」

「被告人と言葉を交わしたことは？」

「ありません」

「被害者は被告人と隣り合わせのブルーシートの家に住んでいましたが、このことは知っていましたか」

「知っていました」

「あなたは被害者を知っているんですか」

「いつも被告人をこき使っていましたから」

「被害者が被告人をこき使っていたというのですか」

「そうです」

「たとえば？」

「買い物などに行かせたり……、ときには怒っていることもありました」

「そんなとき、被告人はどうしていましたか」

「じっとして頷いていました」

「あなたはどう思いましたか」

「かわいそうにと。あんな年寄りをいじめて何が楽しいのかと文句を言ってやりたいと思いました」

「実際、そうしたのですか」

「いえ。相手は若いし体が大きいので、へたなことを言ったら、こっちがやられると思い、堪《こら》えました」

「あなたは十月十二日の夜、河川敷まで犬の散歩に行きましたか」

「行きました」

「そこで何かを見ましたか」

「はい」

「何を見たのか話してください」

裁判員のほうを見て、検察官は証人を促した。

「あの夜、川の傍まで行ったら、犬がずんずん橋の下のほうに引っ張って行くのです。しかたなく、途中まで行ったら、何か棒のようなものを持った男がブルーシートの家のほうに向かうのが見えました。何か異様な感じがしたので、私は犬を引っ張って引き返しました」

「その男の顔を見ましたか」

「星明かりだけなので、顔まではわかりませんでした。でも、歩き方から年寄りだと思いました」

「外部から来た人間か、ブルーシートの家に住んでいる人間か、どう思いましたか」

「もちろん、ブルーシートの家に住んでいる人間です」

「顔は見ていないけど、歩き方から年寄りだとわかったのですね。そのとき、あなたは誰かを思い浮かべませんでしたか」

「思い浮かべました」

「誰ですか」

「被告人です。顔ははっきりわかりませんでしたが、背格好から瞬間、被告人だと思いました」

「で、あなたはそのまま家に帰ったのですね」

「はい。帰りました」

「あなたが事件を知ったのはいつですか」

「次の日の朝です。六時過ぎごろからサイレンの音がうるさく、そのうち新聞社のヘリコプターが上空を旋回して、何があったのかと気になりましたが、会社に出かける時間でしたので、そのまま出勤しました。で、帰って来てはじめて事件を知ったのです」

「事件を知ってどう思いましたか」

「若いホームレスが殺されたと聞いて、年寄りのホームレスをいじめていた男だと思いました。鉄パイプのようなもので殴られた跡があると知って、昨夜の男が持っていた棒のようなものは鉄パイプだったと思いました」

「鉄パイプを持っていた男の見当もつきましたか」

「はい。わかりました」

「誰ですか」

「被告人です」

証人ははっきり口にした。

「どうして言い切れるのですか」

「棒のようなものを持っていた年寄りは、いつもいじめられている年寄りが住んでいるブルーシートの家に入って行ったのです。私が見たのは殺して帰ってきたところだと思いました」

「それで警察に届けたのですか」

「そうです」

「それで、警察は被告人のブルーシートの家を調べ、鉄パイプと被害者の持ち物を探し出したのですね。終わります」

検察官は尋問を終えた。

「弁護人、反対尋問を」

裁判長に促され、鶴見弁護士が立ち上がって口を開いた。

「事件の夜、犬が橋の下のほうに引っ張って行ったと仰《おつしや》いましたね」

「はい」

「ふだんも、そういうことはあるのですか」

「いえ、ありません」

「では、その夜に限って犬は何を目指してそっちのほうに行ったのでしょうか」

「さあ」

「わかりませんか」

「ええ」

「途中まで行ったら、何か棒のようなものを持った男がやって来たということですが、犬はそのことに何かを感じ取ったのでしょうか」

「そうかもしれません」

「犬は吠《ほ》えましたか」

「いえ」

「その前後も吠えなかったのですか」

「はい」

「不審なものを感じとった犬があなたを橋の下のほうに引っ張って行った。すると、棒のようなものを持った男がやって来た。何か異様な感じがしたので、あなたは犬を引っ張って引き返したということでしたが、そのときも犬は吠えなかったのですか」

「吠えませんでした」

「確かに、その時間、ブルーシートの家の住人に犬の吠える声を聞いた者はおりませんでした。異変を察してあなたを引っ張って行った犬はどうして吠えようとしなかったのでしょうか」

「わかりません」

証人は少し落ち着きを失くしていた。

「あの近辺のブルーシートの家の住人に聞くと、普段は犬の泣き声を聞いたりしています。ところが、事件の夜に限って、なぜ犬の泣き声がしなかったのか」

「意義あり」

検察官が異議を申し立てた。

「弁護人の質問は本件と関係ありません。いたずらに時間を浪費するだけのことです」

「弁護人の質問の真意は？」

裁判長がきく。

「弁護人は事件当夜、証人が言うように犬が橋の下のほうに行ったかどうか、疑問に思っています。つまり、あの夜、証人が犬を連れてブルーシートの家の近くまで散歩をしていたのは何らかの間違い、あるいは勘違いではなかったかと思っているのです。もし、勘違いであれば、棒のようなものを持った男がやって来たのを証人が見たのは、まったく別の日である可能性もあります」

「わかりました。意義を却下します。弁護人は質問を続けてください」

「ありがとうございます」

鶴見弁護士は頭を下げ、改めて証人に向かった。

「では、もう一度、お訊ねします。犬があなたをブルーシートの家のほうに引っ張って行ったのは、事件のあった当夜に間違いありませんか」

「間違いありません」

「そう言い切れますか」

「会社から帰って事件のことを詳しく知り、翌日、前の晩のことを警察に訴えたのですから、記憶違いも勘違いもありません」

「あなたが事件の夜、ブルーシートの家のほうに行ったのは間違いないのですね」

「そうです」

「すると、問題はそのとき、犬がいっしょだったかどうかになります」

「いっしょでした」

「八時半ごろでしたね」

「そうです」

「あなたの家に犬は何匹いるのですか」

「一匹です」

「すると、妙なのですよ」

「…………」

証人は不安そうな顔になった。

「事件のあった夜の八時半ごろ、あなたの家に宅配便の業者が荷物を届けているのです。インターホンを鳴らしたとき、犬が吠えたと言っていました」

「そんなはずはない」

証人はあわてたように言う。

「その夜、あなたの奥様は実家に帰ってお留守だったそうですね」

「宅配便の業者のほうが勘違いしているんだ」

証人は叫ぶように言う。

「わかりました。あなたには弁護人申請の証人としてもう一度、お伺いすることになります。その際に、改めて質問をさせていただきます」

証人の早川三郎の顔が青ざめているのがわかった。

この証人の証言に何か問題があるのか。被告人に無実の芽があるというのか。貝原は複雑な思いでいる。

傲慢な馬渕将也に下僕のようにしたがっている男は、自分の知っている船尾哲三ではなかった。

大企業や国を相手に敢然と闘いを挑んだ若き日の船尾はもういないのか。歳月が船尾から牙を奪ったのか。

それとも、被告人席にいる男は船尾ではないのか。耳たぶを指の背ではさむようにしてもんでいる男を貝原はじっと見つめる。


昼休みになって、裁判所の地下の食堂で定食を食べながら、貝原は入口を気にしていた。鶴見弁護士が入ってくるかもしれないからだ。

被告人の右の二の腕に三つ並んだ黒子があるかどうか、鶴見弁護士に確かめてもらおうと思ったのだ。

貝原の食事が終わりかけたとき、食堂に鶴見弁護士が現れた。若々しく、自信に満ち、輝いている感じがしたのは、さっきの証人への反対尋問の鋭さが脳裏に焼きついているせいかもしれない。

食事を済ませ、食器を片づけ、廊下に出た。

そこで、鶴見弁護士を待つことにした。だが、大勢のひとが動いている中で隙を見つけるのは難しく、声をかけられなかった。

午後、審理が再開され、河川敷で暮らすホームレスの仲間がふたり、検察側証人として登場した。検察官は、被告人が被害者の馬淵将也から召し使いのようにこき使われていたことを証言させ、被害者がホームレス仲間から反感を買っていたことを明らかにした。

これに対して、弁護人は反対尋問で、被告人をはじめホームレス仲間の反感が殺意に結びつくほどではないことを証言させた。

貝原は被告人が船尾かどうか、そのことが気になって、審理に没頭できなかった。これでは裁判員の務めを十分に果たせない。

よほど辞退させてもらおうと思ったが、なんと説明すればいいのかわからない。被告人が四十五年前の知人に似ているからと言うのか。

それだけではわかってくれまい。だとしたら、四日市公害裁判のことまで話せばいいのか。船尾哲三は自分にとって特別な存在であること自体、理解してもらえまい。

なにより第一、被告人は岩田貞夫と名乗っているのだ。別人であることは明らかではないか。そう反論されたら、それを跳ね返すだけの証拠はないのだ。耳たぶを指の背でもむ男。右の二の腕に三つ並んだ黒子。それが決定的な証拠にはならないと言われたらおしまいだ。

そんなことに気をとられながら、その日の審理が終わった。

4

その夜、裁判を終え、貝原は大田区大森のマンションに帰ってきた。

部屋に入って明かりを点《つ》け、仏壇の位牌《いはい》に手を合わせる。

妻の文子は東京の人間だった。貝原は四日市の高校を出てから東京の大学に入り、そのまま東京の会社に就職した。

その会社は公害裁判で被告となった企業のひとつだった。履歴書から四日市生まれの公害被害者とわかって入社を断られるかもしれないと思ったが、案に相違して入社出来た。

面接で見せた、公害防止の技術を開発したいという熱意が買われたのかもしれない。

だが、入社して配属されたのは厚木にある製品開発の研究所で、公害絡みの仕事に直接携わることはなかった。だが、そのころはすでに汚染防止技術の開発が官民で進められていて、四日市の大気汚染は排煙脱硫装置の開発によって飛躍的に改善されていたのだ。

三年後輩の妻文子と結婚したのは貝原が二十八歳のときだった。公害で亡くなった船尾哲三の恋人と同じ名だったことに何やら運命めいたものを感じたが、船尾の消息はわからないまま今日まで来たのだ。

船尾は四日市を離れたあと、恋人の瀬尾文子の墓参りにも来ていないらしい。裁判で闘っている最中も、いい報告が出来るまでは墓参りはしないと心に決めていたようだ。おそらく裁判が終わり、墓前に原告勝利の報告をしてから四日市を離れたのだと思うが、それきり四日市には足を向けていないようだった。

貝原は去年、定年退職をした。希望すれば会社に残れたが、文子がいなくなってひとりぼっちになったので、新たな人生を考え直そうと思った。

文子が達者ならまだ働いていたが、ひとりになって別の生き方をしてみたくなった。そんな中での裁判員の話だった。そこで、船尾に似た男と出会ったのだ。それが運命だとしたら、あの男は船尾に間違いないことになる。

もし、船尾なら会いたい。いろいろききたいことがあるのだ。もし、船尾が有罪ならこのまま会うことなく終わるだろう。七十七歳の船尾が殺人罪で服役すれば、おそらく刑務所内で生を終えることになろう。

なんとしても鶴見弁護士の弁護によって船尾を助けてもらいたい。貝原はそう願うのだった。

翌日、第二回の公判期日。

鶴見弁護士は昨日検察側証人として証言台に立った早川三郎を、改めて証人尋問した。

ふつか続けて証言台に立たされ、早川三郎は明らかに不機嫌そうだった。

「改めて、あなたにお訊ねいたします。去年の十月十二日の夜八時半ごろ、あなたは四つ木一丁目の荒川河川敷に犬の散歩で出かけましたか」

「出かけました」

「犬もいっしょですか、それともあなたひとりでですか」

「犬もいっしょです」

早川は憤然と答える。

「きのうもお訊ねしましたが、その夜の八時半ごろ、あなたの家に宅配便の業者が荷物を届けています。インターホンを鳴らしたとき、犬が吠えたと……」

「宅配便の業者が勘違いしているんです」

「業者のほうは、勘違いではないと言っています」

「何カ月も前のことじゃないですか。覚えているとは思えませんね」

「去年の十月十二日、あなたの奥様は実家に帰っていたそうですね。このことは奥様も実家のご両親も認めていました」

「………」

「いかがですか」

「家内が出かけていたのはほんとうです」

「翌日の午後、奥様は再配達で荷物を受け取っていました」

「意義あり」

検察官が異議を申し立てた。

「弁護人の質問は本件と直接関係ありません」

「裁判長」

すかさず、鶴見弁護士は言い返す。

「弁護人は証人の証言の信憑性《しんぴょうせい》に疑問を抱いております。もし、証人が嘘をついているのなら、何か棒のようなものを持った男がやって来たという証言は怪しくなります。では、なぜ、証人はそのような嘘を述べたのか。そこに、本事件の真実が隠されていると、弁護人は見ています」

「わかりました。異議を却下します。弁護人は尋問を続けてください」

「はい」

鶴見弁護士は裁判長に会釈をし、

「それでは、今までのことを確認しておきます」

と、早川に顔を向けた。

「事件のあった十月十二日の夜は、奥様は実家に帰っていて留守だった。その翌日の午後、奥様は再配達で荷物を受け取った。ここまでは事実でしょうか」

「そうです」

「あなたは、その日、会社から何時ごろお帰りになりましたか」

「七時ごろです」

「それから夕食ですか」

「そうです。そのあと、犬の散歩に」

「散歩から帰ったのは何時ごろですか」

「九時ごろです」

「そのとき、どなたかとお会いになりませんでしたか」

「…………」

「どうなんですか」

「なんで、そんなことをきくんですか。まるで、取調べみたいじゃないですか」

早川が反発した。

「どうして取調べのように感じられたのですか」

鶴見弁護士が迫るようにきく。

「異議あり」

検察官がまたも異議を申し立てた。

「弁護人の尋問は、証人に悪い印象を植えつけようとしているとしか思えません。それも、まったく本件と関係ないところで」

「裁判長。何度も言いますが、弁護人はこの証人の証言に疑問を抱いており、その真偽を確かめたく問い掛けています。私の質問も、散歩の帰り、誰かと会わなかったかときいただけです。この質問が証人に悪い印象を与えるとしたら、なぜなのか、その理由を教えていただきたいと思います」

「検察官、いかがですか」

裁判長がきいた。

「証人が取調べのように感じたこと自体が問題でして……」

検察官は苦しげに言う。

「なぜ、取調べのように感じたのか。証人は意見があれば仰ってください」

裁判長が証人に声をかけた。

「私はただ警察に協力しようと、犬の散歩のときに見たことを話しただけです。散歩の帰りに誰と会ったかなんてプライベートなことです。答える必要はないじゃないですか」

早川は興奮していた。

なぜ、このように興奮しているのか。貝原はこの証人に不審を抱いた。

「証人宣誓のときにお話しいたしましたが、証人が故意に嘘の証言をしますと、それが嘘とわかった場合、偽証罪として処罰されることがあります。ただ、真実の証言をすることによって、証人自身や証人の近親者の犯罪が明るみに出るなどの場合のみ、証言を拒否することが出来ます」

裁判長が諭すように言い、

「今の弁護人の質問に対し、答えると自分の不利になるということでよろしいですね」

と、確かめた。

「……………」

「どうなんですか」

「これ以上、もう話したくありません。証人から下ります」

「証人を拒むことは出来ません」

裁判長が厳しく言う。

「わかりました」

早川は頷《うなず》く。

「弁護人。尋問を続けてください」

「はい」

鶴見弁護士は改めて証人に向き合い、

「先ほどお伺いしたことを改めて確認いたします。河川敷を散歩中、犬に引っ張られて橋の下のほうに行ったとき、何か棒のようなものを持った男がやって来たという証言に間違いはないのですね」

「…………。今から思うと、はっきりしません」

検察官が顔色を変えて証人を睨《にら》んだ。

「しかし、あなたはきのうの検察官の尋問でも、見たと答えているのです。先ほどの弁護人の尋問にも同じ答えをしています」

「今、勘違いだと気づきました」

「すると、年寄りが棒のようなものを持って歩いてきたという事実はなかったということでよろしいのですか」

「いえ、それらしき人影は見ました。あとで事件を知って、私が見かけた男が年寄りで何か棒のようなものを持っていたと思い込んでしまったのです」

早川は力なく答えた。

検察官が腰を浮かしかけたが、何も言わずに腰を下ろした。

「すると、あなたが見た人影は被告人ではなかったと？」

「はい」

「終わります」

鶴見弁護士は主尋問を終えた。

「検察官、反対尋問をどうぞ」

裁判長が声をかけた。

検察官は立ち上がって怒ったように言う。

「あなたは事件後、自ら警察に目撃談を語り、死体があった場所から年寄りが棒のようなものを持って歩いてきたと話したのではありませんか。供述書にも、そして昨日の証人尋問でも同じ証言をしていました。なのに、なぜ一転して証言を変えたのですか」

「記憶がはっきりしてきたのです」

「しかし、記憶が新しい事件翌日にはあなたは警察に行き、証言をしているのです。そのときの証言が一番、真実を示しているのではないですか」

「すみません。ひとが殺されたことで気が動転していたのです」

「あなたは、先ほどの弁護人の質問に対してまるで取調べのようだと言ってましたね」

「すみません」

証人の早川がなぜ一転して証言を覆したのか。貝原も弁護人の指摘どおり、早川は犬の散歩に行っていない可能性があると思った。

証人尋問で、弁護人が散歩の帰り、誰かと会わなかったかときいたとき、早川の態度が急変した。これが大きな意味を持っているようだ。どんな意味を持つのかわからないが、早川の証言に信憑性は感じられない。

なぜ、早川は被告人を貶《おとし》めるような証言をしたのか。単純に考えれば、真犯人をかばって、被告人に罪をなすりつけようとしたのだ。

無実の罪で船尾哲三は裁判にかけられているのだ。

「あなたは、自分に不利益なことがある。そのことを追及されるのを避けるために、今までの証言を変えたのではないのですか」

「違います」

早川の声は小さくなっていた。

「あなたは嘘の証言をしたのですか」

「嘘ではありません。思い込みによる勘違いをしていました」

「真犯人をかばうために、他人に罪をなすりつけようとしたのでは?」

「違います」

「終わります」

検察官は憤然として尋問を終えた。

「二十分間の休憩をはさみます」

裁判長が告げた。

貝原たちは評議室に戻った。

楕円形のテーブルを囲んで、全員が腰を下ろしてから、裁判長が口を開いた。

「先ほどの証人尋問では思いがけぬ展開になり、皆さんも戸惑われたと思います。どうですか」

裁判長は向かいに座った主婦の裁判員に声をかけた。

「もう、驚きました。あの弁護人は証人の嘘を見抜いているのでしょうか」

主婦は証人をたじろがせた鶴見弁護士の尋問に驚いていた。

「まだ、証人は嘘をついていたかどうかわかりません」

「でも、証人の態度は明らかにおかしい」

自営業の男が応じる。

「あの証人が証言を取り下げたということは、自分が話していたことは嘘だったと認めたことになるのではありませんか」

主婦はきいた。

「弁護人の尋問で刑事訴追を受けるかもしれないと恐れ、証人は証言を拒否しただけで、証言が嘘だったかどうかは別問題です」

「でも、今までの証言も覆していますね。我々としては、あの証人の証言はなかったことにして考えるべきですか。それとも、あの証人の不可解な態度も考えに入れて判断するべきですか」

「もちろん、証人の態度も考慮しなければなりません。この件については、明日の法廷での検察側の論告求刑、そして弁護人が最終弁論でどう語るのかを聞いた上で、改めて早川証人の証言を考えてもよいでしょう」

証人は真犯人をかばって被告人に罪をなすりつけようとしているのだ。船尾哲三がひと殺しなどするはずがない。

貝原はそう言いたかったが、口をつぐんだ。

「そろそろ時間ですね」

壁の時計を見て、裁判長は立ち上がった。


被告人席にいる船尾と思われる男に目を向けながら、貝原は裁判員席に座った。

「それでは被告人の本人質問を行ないますので、被告人は前へ」

裁判長が呼びかけた。

背後にいる鶴見弁護士から促され、被告人が立ち上がった。そして、おぼつかない足取りで証言台に立った。

船尾かどうか見極めようと、貝原は被告人を凝視する。

裁判長が検察官に声をかけた。

「検察官、どうぞ」

検察官は立ち上がった。

「あなたは今も自分が無実だと思っているのですか」

「はい。私はやっていません」

「あなたは、被害者の馬淵将也さんの隣に住んでいましたね」

「はい」

「馬淵さんはいつから隣に住みだしたのですか」

「半年前からです」

被告人は答える。

「なぜ、隣に？」

「半年前に八十過ぎの男性が老衰で亡くなって、あの場所が空いていたのです。それで、あの男が住み着いたんです」

「馬淵さんとはうまくやっていたのですか」

「はい」

「しかし、あなたはいつも馬淵さんから怒鳴られていたそうではありませんか」

「ええ。あの男は威張っていました。私だけでなく、気に食わないことがあると、みんなに当たり散らしていました」

「たとえば？」

「土手下の自販機まで飲み物を買いに行かされ、頼まれたものがないので代わりのものを買って戻ると怒りだして、また遠くまで買いに行かされました。それから、大雨のあと、ブルーシートの家が水浸しになってしまったことがありました。それで、皆に自分の家の補修を手伝わせ、出来が悪いと言って怒鳴ったり……」

「あなたは馬淵さんがやってくるまでは自由気ままに生きてきたわけですね。それが、急に束縛されるようになったのは辛《つら》いことだったでしょうね。ところで」

検察官はさらに続けた。

「凶器に使われた鉄パイプはあなたのものですね」

「そうです」

「どこで手に入れたのですか」

「空き缶を集めているとき、道端に落ちているのを拾いました」

「何のために拾ったのですか」

「ゴミ箱などを漁《あさ》るときに便利なので」

「すると、出かけるときはいつもその鉄パイプを持って行くのですか」

「たいていは……」

「十月十二日の夜はどうしていました？」

「夜は家にいました」

「隣の馬淵さんから何か用を頼まれたのではありませんか」

「いえ」

「その夜、馬淵さんが出かけたのに、気づきましたか」

「いえ」

「ブルーシートをめくる音とか、咳払いとかで、出て行ったかどうかわかるのではありませんか」

「気にしていませんから」

「気にしていたら気づいたということですね」

「…………」

「まあ、いいでしょう。凶器として使われたのが、あなたが持っていた鉄パイプです。馬淵さんの血痕が付着していました。なぜ、あなたの鉄パイプに血痕が付着していたのでしょうか」

「わかりません」

「夜八時半ごろ、馬淵さんが出かけたのに気づいたあなたは鉄パイプを持って追い掛け、橋の近くで殴り掛かったのではありませんか」

「違います。そんなことはしていません」

検察官とのやりとりを聞きながら、貝原は船尾にはなんとしてでも無実を訴えようとする気力が足りないような気がした。

検察官が言うように、ほんとうに殺しているからなのか。

それとも、もともと生きようとする情熱に欠けているのか。

船尾が四日市を離れたあと、四日市公害裁判に関係したひとたちは船尾を探したのだ。公害問題解決の立役者のひとりと言っても過言ではない船尾は祝勝会でもっとも讃えられてもいい存在だった。

そんな男がなぜ四日市を離れたのか。あの当時、支援団体の代表を務めていた地区労働組合の委員長がこう言っていた。

「船尾さんは裁判が原告勝利となった瞬間から、魂の脱《ぬ》け殻《がら》になってしまったのではないか。燃え尽き症候群のようなものだ」

燃え尽き症候群はある目標に向かって一生懸命に頑張っていた人間が思うような結果が出せなかったとき、急に何もやる気がなくなってしまうというものだ。

確かに、船尾は公害問題に対してのめり込んでいた。たとえ、恋人の敵討ちの思いが強かったとはいえ、その情熱たるや恐ろしいほどだった。

結果は勝利だったのだ。念願が叶《かな》った。だが、船尾は次の目標を失ったのだろうか。

裁判に勝利しても、恋人は生き返らない。それで、燃え尽き症候群のような症状になってしまったのだろうか。

公害に立ち向かうことはいつしか生きがいになっていた。その願いが達成された瞬間、船尾の中で張りつめていたものが切れてしまったのか。

願いが叶ったことで、船尾は生きがいを失ってしまった……。

気がつくと、鶴見弁護士が被告人に質問していた。

「あなたはいつも馬淵さんから怒鳴られていたということでしたね。あの男は威張っていて、気に食わないことがあると、みんなに当たり散らしていたということでしたね」

「はい」

「そんな馬淵さんに怒りを覚えたのですか」

「いえ。あのひとは乱暴でわがままでしたが、かなりやさしいところもありました」

「やさしいところ？」

「自販機に飲み物を買いに行かされましたが、自分のぶんだけでなく、必ず私のぶんもお金をくれました。ときたま、高価そうな弁当を持ってきてくれたり……」

「いやな面もあるけど、いい面もあったのですね」

「そうです」

「ところで、あなたは犬を散歩させている早川三郎さんをご存じですか」

「はい。名前は知りませんでしたが、いつも夜、犬を散歩させていますから」

「犬を見たこともあるのですか」

「用を足しに外に出たとき、何度か見かけたことがあります。それに日曜日などの休日は明るいうちに散歩をさせています」

「あなたが鉄パイプを持っているときに会ったことはありますか」

「あります。それに、一度私のために馬淵さんに抗議をしてくれたことがあります」

「どういうことでしょうか」

「私が馬淵さんに怒鳴られていて気の毒だと思ったのでしょう、犬を連れたまま馬淵さんに近づき、年寄りをいたわってやったらどうだと注意してくれたんです。そのとき、馬淵さんと早川さんは殴り合いになって……」

「殴り合いですか」

「他のホームレスも出て来て止めましたが、早川さんは顔を腫らしていました」

「それはいつごろのことですか」

「暑い日でした。夏の夕方だったから日曜日だったと思います」

「八月ごろでしょうか」

「そうだと思います」

「鉄パイプはいつも、どこに置いておくのですか」

「ブルーシートの家の裏側です」

「外ということですね」

「そうです」

「十月十二日の夜、あなたはどこにいましたか」

「ブルーシートの家の中にいました」

「外で何かひとが動くのに気づきませんでしたか」

「いえ、何も」

「普段でも、馬淵さんが家を出入りする気配はわからないのですね」

「わかりません」

「これまで、馬淵さんのところに誰かが訪ねてきたことはありましたか」

「なかったと思います」

鶴見弁護士の質問に答える被告人を見つめながら、貝原は彼が船尾だという思いをますます強めていった。

弁護人の質問が終わり、

「それでは、被告人に何かききたいことがあれば遠慮なく質問してください」

と、裁判長が裁判員に呼びかけた。

貝原は質問をしようと思ったが、あわてて口をつぐんだ。きこうとしたのは審理とまったく関係ないことだった。

あなたの右の二の腕に三つ並んだ黒子がありますか。そのようなことをきけるはずはなかった。

5

翌日十時からの審理で、まず検察側の論告が行なわれた。

検察官は準備してきた論告要旨を手に立ち上がった。

「では、論告をはじめます」

検察官は重々しく切り出した。

「事件は極めて単純なものです。すなわち、もともとあった荒川河川敷のホームレスの住処に若い被害者が移り住んで平和が破られました。すなわち、被害者は若さにまかせて、年配のホームレスが多い中でいつしか自分が支配者のごとく振る舞うようになったのです。特に、被告人のブルーシートの家と隣同士ということと、被告人が高齢であることから、被害者は被告人を下僕のように扱いました。ときにはわざわざ土手下の自販機まで飲み物を買いに行かせたり、水を汲《く》みに行かせたり、お湯を沸かさせたり……」

検察官は被告人がだんだん被害者に恨みを抱くようになった経過を語り、

「事件当日の夜八時半ごろ、被告人は被害者がブルーシートの家を出たのに気づき、鉄パイプを持ってあとを追い、橋の近くで殴り掛かって殺したのであります。殺害後、引き上げるところを犬の散歩中の早川三郎に目撃されたのであり……」

検察官の論告は説得力が乏しいと言わざるを得なかった。

「弁護人は、早川証人が嘘の証言をしていると主張していますが、早川証人と被告人には何の利害関係もなく、早川証人が被告人を貶めなければならない理由は何一つありません。また、早川証人が真犯人を助けるために嘘の証言をしたという仮説を考えても、早川証人がそこまでしなければならない人物は見つかりません。よって早川証人が嘘の証言をする理由はまったくないのであります」

検察官は一拍の間を置き、

「被告人は犯行を否認し、反省の色もなく、高齢であることを鑑みてもなんら情状を考慮する余地はありません。被害者はまだ二十七歳であり、いずれホームレスを抜け出し、新しい人生を歩むことが十分に出来たはずなのに、その明るい未来を断ち切られたのであります。以上の結果、被告人を懲役十五年に処するのが相当と思慮します」

論告を終え、検察官は論告要旨を書記官に渡した。

十五年後には船尾は九十二歳になる。そこまで生きていられるだろうか。

「では弁護人、弁論をどうぞ」

鶴見弁護士が弁論要旨を片手に立ち上がった。

「結論から申し上げれば、被告人は無罪であります。被告人は被害者から一見使い走りのように扱われておりましたが、被害者は被告人に対して心遣いを見せており、殺意が芽生える余地はないのであります。仮に、殺意があったとしても、なぜ、すぐに自分が疑われるような殺し方をしたのでしょうか。自分の指紋がついた鉄パイプで、住んでいる場所の近くで殺せば、たちまち犯行がばれるのは明らかであります。さらに、被害者の腕時計と財布を被告人のブルーシートの家に隠した。これでは自分が犯人だという証拠を残したようなものです。ならば、被告人は殺すことが目的で、自分はすぐ捕まってもいいと思っていたのでしょうか。しかしながら、被告人は最初から一貫して犯行を否認しているのです。被告人の犯行を裏付ける証拠はまず鉄パイプ、次に隠してあった腕時計と財布ですが、これらは移動が可能なものです。すなわち、何者かが被告人に罪をなすりつけるべく工作した可能性が高いと言わざるを得ません。最大のポイントは早川証人の証言です。早川証人は事件当夜、犬の散歩で河川敷にやってきたと証言していますが、その時間、早川証人の飼い犬が自宅にいたことは宅配便の業者が証言しています。なぜ、早川証人が偽りを述べたのか、本人は勘違いだったと言い訳をしていますが、警察の捜査のはじめから証言していることから勘違いということは考えられません。はじめから被告人を罪に陥れようとする意図があったと考えるほうが自然です、では、いったいなぜ、そのような工作をしたのか。また、若い被害者はその気になれば働き口はたくさんあるはずなのに、なぜ荒川河川敷でホームレス生活を送るようになったのか。ここに、本件の重大な鍵が隠されているように思えてなりません。この件を明らかにすることが真犯人の特定に繋《つな》がることだと弁護人は信じており、これは弁護人の役目ではなく警察に捜査をゆだねるしかありません」

弁論を終えた鶴見弁護士は弁論要旨を検察官と同じように書記官に渡した。

「被告人は前に出なさい」

裁判長が声をかけた。

被告人が証言台に立った。

「これで調べを終わりますが、最後に意見として述べておきたいことはありませんか」

裁判長が問い掛ける。

「私は決して馬淵将也さんを殺したりしていません。殺す理由はありません」

岩田貞夫、いや船尾哲三は目をしょぼつかせながら言った。

「本日はこれにて閉廷いたします」

裁判長が席を立つのを待って、裁判員も立ち上がった。

貝原は船尾を気にしながら、法廷を出た。


評議室の楕円形のテーブルを囲んで裁判長、陪席裁判官ふたり、そして六人の裁判員が座った。

「皆さん、長い時間、ごくろうさまでした」

裁判長はねぎらいの言葉を掛けた。

「これから評議に入ります。どうぞ、これからは自由に思ったままを発言して、よりよい結論を出したいと思います。では、さっそく入りましょうか」

裁判員の目の前には、検察官の論告、弁護人の弁論の要旨が置かれている。

「その前に、お話をしておきますが、事件を立証する責任は検察官にあります。検察官の申し立てた論告が正しいかどうか、証拠によって証明するのは検察官の責任になります。弁護側は、その立証に不備があれば、それを叩《たた》けばよいのです」

裁判長は皆の顔を見渡してから、

「本事件の争点はずばり一点だけ、すなわち、被告人・岩田貞夫が被害者の馬淵将也を鉄パイプで殴って死に至らしめたかどうかです」

「よろしいですか」

会社員の男性裁判員が口火を切った。

「私は被告人はひと殺しをやっていないように思います。弁護人の言うように、誰かが被告人を罠《わな》にはめようと工作したように思います」

「問題は早川証人の証言が信用出来るかどうかではないでしょうか」

主婦の裁判員が応じた。

「そうです。そこに尽きると思います」

他の男性裁判員が応える。

「早川証人が信用出来ないのは明白ではないでしょうか」

貝原が口をはさんだ。

「弁護人の話では、事件の夜、早川証人は犬の散歩に行っていないようではないですか。早川証人の自宅に宅配便業者が荷物を届けた際、インターホンを鳴らしたとき、犬の鳴き声が聞こえたということです。つまり、犬は家にいたんですから、河川敷に犬の散歩に行ったというのは嘘ということになります」

「でも、早川証人は宅配便業者が勘違いしていると言ってますけど」

主婦の裁判員が言う。

「早川証人は弁護人からの追及で動揺していました。散歩の帰りに誰かと会わなかったかという問い掛けに取調べのようだと反発していました。なぜ、あの質問にあんなに反応したのでしょうか。その後、早川証人の態度が変わり、棒を持った男の目撃談を自ら否定するようになりました」

「それだけで早川証人の証言は信用出来ないということにはならないと思いますよ」

今まで黙っていた五十年配の男が口を開いた。

「証人自身や証人の近親者の犯罪が明るみに出るなどの場合のみ証言を拒否することが出来ると裁判長から言われたあと、早川証人は証言を拒否したのです。つまり、早川証人には何か弱みがあった。そのことを弁護人から追及されるのがいやで、態度を変えたのではないでしょうか。いわば、あの弁護人が弱みをついて脅したのです」

「私はそうは思いません」

貝原は反論した。

「弁護人は早川証人の証言は嘘だと断じていました。もし、そうだとしたら、早川証人は被告人に恨みがあるわけではなく、真犯人をかばおうとしているのだと思います。あのまま弁護人の追及にあえば、今度は証人自身が共犯を疑われるかもしれない。そのことを恐れたのではないでしょうか」

議論は白熱したかのように映るが、実際はそうでもなかった。

ホームレス同士の事件だからか。しかも被告人は七十七歳。裁判員の姿勢からもそれほど真剣味は感じられなかった。

結果的には、貝原が議論を引っ張る形になった。

「裁判長が仰ったように、弁護人は被告人の無実を立証する必要はなく、検察官の立証の不備をつけばいいということなら、早川証人の証言が揺らいだ今となっては、被告人を有罪だと決めつけることは出来ません。無罪であるというはっきりした証拠がなくても、有罪だという決め手がないのなら被告人の罪を問うことは出来ないと思います」

貝原は夢中で訴えた。

もとより、皆この問題に熱心なわけではない。裁判員が貝原の考えに傾くのは自然な流れだった。

その上、裁判長の考えも、疑わしきは被告人の利益にということで、被告人は無罪の評決となった。

貝原はほっとした。無罪になれば、あの男に会いに行けるのだ。そして、船尾かどうか確かめられる。

評議は思ったより早く終わった。

「ちょっとお訊ねしてよろしいでしょうか」

貝原は裁判長に声をかけた。

「なんでしょうか」

評議が無事に終わったせいか、裁判長の顔に余裕があった。

「被告人はホームレスですね」

「そうです」

「警察に捕まってからは留置所、拘置所で暮らしてきましたが、無罪になったら、またホームレスに戻るのですか。荒川河川敷でのブルーシートの暮らしに戻るのでしょうか」

「その心配はありません。弁護人がホームレスの自立支援センターと協力してどこかの施設に入居させ、生活保護の手続きをとることになっています」

「そうですか、それをきいて安心しました。このまま放り出されてしまっては、住むところも食べ物もないのにどうやって生きていくのだろうと心配していました」

「そこまで心配して下さると、きっと被告人も喜ぶでしょう。本人がその気になれば、きっとホームレスから抜け出せるはずです」

「はい」

貝原は安心した。

翌日に判決公判があり、裁判長は被告人に無罪を言い渡した。

船尾と思われる男は裁判長の声を神妙な面持ちで聞いていた。

数日後、貝原は江東区にあるホームレスの自立支援センターに行った。都内にある自立支援センターの本部で岩田貞夫の受け入れ先を聞いて、赴いたのだ。

ところが、センターで意外なことを聞いた。

「岩田さんは一日いただけで出て行ってしまいました」

所長が答えた。

「出て行った？」

貝原は当惑して、

「せっかく、ここに入ったのにですか」

「そうです」

「どこに行ったのかわかりますか」

「弁護士さんは元いた場所に帰っていたと知らせてくれました」

「鶴見弁護士ですか」

「そうです。岩田さんがいなくなったことを鶴見弁護士に知らせたら、後日電話があり、元いた場所に帰っていたということでした」

「また、ここに来るのでしょうか」

「鶴見弁護士は説得してまたここに連れてくると仰っていましたが……。ご高齢ですからね、早く来ていただきたいと思っています」

所長は今気づいたように、

「あなたは岩田さんとはどのような？」

「昔の知り合いなんです。岩田さんがホームレスになる前のころのことです」

「そうですか、それならぜひ、岩田さんを説得してください」

「わかりました」

貝原は礼を言って引き上げた。

午後、貝原は京成四ツ木駅で下り、荒川河川敷に向かった。

野球のグラウンドを突っ切り、川っぷちに出る。ブルーシートの家が転々としていた。

目の前にあるブルーシートの家から出てきた男に声をかける。

「すみません。岩田さんの住まいはどちらでしょうか」

「岩田なんて知らねえ」

「七十七歳の……」

「ああ、爺《じい》さんか」

「爺さん？」

「名前なんか関係ない。爺さんと呼んでいる」

「そうですか。で、家はどこですか」

「今、あそこにいる」

男は土手下のほうに目をやった。

岩田は水道からポリ容器に水を汲んでいる。

貝原は礼を言い、水道のほうに歩いて行った。

岩田がポリ容器を下げてこっちにやってくる。貝原は近づいていく。

距離が縮まった。相手が足を止めた。貝原も立ち止まった。

「船尾さんじゃありませんか」

貝原は直截《ちょくせつ》にきいた。

「…………」

岩田は目を合わせない。

「船尾哲三さんでは？」

貝原はさらに近づき、

「四十五年以上前、四日市でお会いした貝原茂樹です」

と、訴える。

こうして間近に接すると、懐かしい空気を感じた。船尾に間違いないと思った。だが、
男は否定した。

「私は岩田だ」

男は貝原の脇をすり抜けて行った。

貝原はその後ろ姿をじっと見送った。

第二章　過去

1

岩田貞夫に関わる殺人被告事件の裁判は控訴期間がまだ残っているので、検察側が控訴する可能性はまだあった。

鶴見京介は葛飾区葛飾中央警察署に、岩田貞夫を逮捕した刑事課の笠置《かさぎ》警部補を訪ねた。

刑事課の隅の簡単な応接セットでテーブルをはさんで向かい合った。

「控訴するかどうかの感触を確かめにきたのですか」

口許を皮肉に歪め、笠置警部補は京介の名刺をテーブルに置いた。

「いえ。私が心配しているのは、警察や地検が岩田貞夫を犯人だと思い続けているとしたら、これ以上の捜査がされずに事件が迷宮入りになってしまうことです」

「それは弁護士の先生は犯人を弁護するのが仕事ですから、岩田を無実だと信じたい気持ちはよくわかります。でも……」

「お待ちください」

京介は口をはさんだ。

「裁判の様子をお聞きになったかと思いますが、証人の早川三郎は証言を変えたのです」

「そのことなら、あのあと地検の検事さんが早川三郎に確かめました。すると、こういうことだったそうです。早川三郎は最近拾った金を猫ばばしたそうです。あなたがそのことを知っていて脅しにかかったと邪推し、弁護人に逆らわないようにしたと言っています」

「拾った金を猫ばばしたことを、どうして私が知っていると思ったのでしょうか。そもそも、猫ばばは事実なのでしょうか」

「嘘だと？」

「信じられますか」

「信じがたい気もしますが、嘘とも言えません」

「では、猫ばばのことを具体的に話しましたか」

「いいえ、罪になる恐れがあるので言えないと、具体的なことは何も話しません」

「落とした金が出てこないという訴えはありましたか」

「この管内ではありません」

「他の警察署の管内ではあるとお思いですか」

「さあ」

「調べないのですか」

「早川三郎が自供したわけではないので」

「控訴審で、もう一度早川が証言すると思いますか」

「じつは、今、彼は拒んでいるんです。検事さんが懸命に説得しているようですが、なかなか首を縦に振らない」

「そうでしょうね。彼はもう控訴審には出てこないと思います」

「なぜですか。猫ばばが明るみに出るからですか」

笠置は睨むように見た。

「彼が隠したいのはもっと大きなことだと思います」

「大きなこと？　それはなんですか」

「それより、法廷で私が指摘した、早川三郎は事件当夜、犬の散歩はしていなかったということを調べてみましたか」

「早川三郎が言うように、宅配便の業者が勘違いしているのですよ。確かに、事件の夜、配達に行ったが留守だったという記録はありましたが、犬の鳴き声を聞いたということまでは記録に残っていませんからね」

笠置はほくそ笑んだ。

「法廷で、早川三郎が態度を急変させたときの私の質問をお聞きでしょうか」

「一応、検事さんから報告を受けています」

「そうですか。散歩の帰り、誰かと会わなかったかときいただけです。彼にはこの質問が痛かったと思いませんか」

「…………」

「じつは、早川三郎の近所に住む佐川という男性が同じように犬を散歩させていたのです。事件の夜、九時ごろ、佐川さんは早川三郎に会っているのです」

このことを、京介はあえて法廷には持ちださなかった。

「それは別に隠すようなことではありませんね」

「いえ、ところが大ありなのです」

「…………」

「佐川さんは、早川三郎が挨拶もせず、顔を隠すようにして走って行ったと言っています。それだけじゃありません。佐川さんは早川三郎について重大なことを話していました」

「なんですか」

笠置は不審そうにきく。

「早川三郎は犬を連れていなかったそうです」

「暗い河川敷じゃありませんか。犬が見えなかったのではありませんか」

「犬がいると、いつも吠えたそうです」

「………」

「八時半ごろ、早川三郎の自宅に荷物を届けた宅配業者は犬の鳴き声を聞いたと言い、散歩を終えて帰る早川三郎を見た佐川は犬を連れていなかったという。これはどういうことでしょうか」

「………」

「犬は自宅にいたのです。そう考えたほうが自然じゃありませんか」

「しかし、佐川という男が嘘を……」

「なんのために嘘をつくのでしょうか」

「………」

「これ、佐川さんの住所と電話番号です」

京介はメモを差しだした。

笠置は苦い顔でメモを受け取り、

「まあ、念のために確かめましょう」

と言ったあとで、

「鶴見先生は何か早川に疑いを？」

と、食い入るように京介の目を見つめた。

「まだ、はっきりしているわけではありません。弁護士には犯人を探し出す役目はありませんから。ただ、被告人の利益を守るために、不審な点をはっきりさせておきたいのです」

「失礼ですが、国選弁護でそこまでやられたら足が出てしまうのではないですか。ましてや、被告人はホームレスではありませんか。見返りなんてないでしょう」

「見返りなんて求めません。弁護に最善を尽くす。それだけです」

「そういうもんですかねえ」

笠置は冷笑を浮かべて、

「そうそう、じつは早川の人柄について近所のひとや会社の同僚などに話を聞いたんです。親切でやさしい人間だという評判でした。ふだんは犬の散歩は会社から帰宅した夜にするのですが、休みの日は昼間も散歩するそうです。そんなときに出会うひとたちとも気さくに話をし、近所の子どもたちからも好かれているようです」

「そうですか」

「会社の同僚にきくと、気が小さ過ぎると言ってました。ようするに、早川は先生が疑うような人間ではないということです」

確かに、笠置が言う通りの人物像だと思うが、人間は状況によっては思いがけない行動に出ることもある。京介はそのことを問題にしているのだが……。

「それからもうひとつ調べていただきたいことがあるのですが」

「なんでしょう」

「四つ木周辺で空き巣被害が多発していたと早川さんのことを調べている時にご近所でききました」

「ええ。二課の担当ですが、そのようですね」

「犯人は捕まったのでしょうか」

「聞いてません。まだだと思いますけど」

「最近も空き巣被害があるかどうか、最近は起きていないとしたら、いつから起きていないのか、きいてもらえませんか」

「鶴見先生、あなたは何を考えているんですか」

笠置は真顔になった。

「私の考えが合っているかどうか、まず空き巣の件をきかないと」

「わかりました。ちょっと二課できいてきます」

笠置警部補は立ち上がった。

同じフロアーにある捜査三課に行き、笠置は主任らしい男から話を聞いた。

笠置が戻ってきた。

「空き巣の犯人はまだ捕まらないようです。それから不思議なことに、去年の十月十日に被害があって以来、きょうまで一件も起きていないそうです」

「そうですか」

京介はやはりそうかと思った。

「鶴見先生、何を考えているか教えていただけませんか」

「去年の十月十日以来、なぜ、空き巣被害がないと思われますか」

「三課の人間も言ってましたが、空き巣犯は足がつかないように狙う場所を変えたのかもしれませんね」

「確かに、それもあるでしょう」

京介は頷き、

「もうひとつの可能性もあります」

と、笠置に突き付けるように言う。

「もうひとつの可能性？」

笠置は不安そうにきき返す。

「空き巣犯が死んでいる場合です」

「まさか」

笠置は口を半開きにした。

「ええ、馬淵です。馬淵が殺されたのは、その二日後の十月十二日。それから空き巣被害が一件もないというのは偶然か、それとも……。まさかとは思いますが、念のためにその可能性があるかどうか調べていただけませんか」

「わかりました。調べてみましょう」

笠置は憮然《ぶぜん》として付け加えた。

「弁護士の先生に指摘されるなんて、警察官としては忸怩《じくじ》たる思いですよ」

「まだ、そうだと決まったわけではありません。それに、私のほうは被告人を救済する手立てを考えていて、たまたま気づいただけのことですから」

「ともかく、二課と協力して馬淵に空き巣犯の可能性があるかどうか調べてみます。わかったら、お電話します」

「お願いします」

京介は警察署をあとにした。

京介は虎ノ門にある柏田《かしわだ》四郎《しろう》法律事務所に帰ってきた。

ちょうど、同僚弁護士の牧原《まきはら》蘭子《らんこ》が出かけるところだった。

「どこ？」

京介は馴《な》れ馴《な》れしくきく。

「世田谷の警察署」

「気をつけて」

声をかけて見送る。牧原蘭子は柏田弁護士の友人の娘で、この事務所で働くようになった。

昼間は黒縁の眼鏡をかけ、地味な服装で弁護士活動をしているが、一歩仕事を離れたら華やかな美しさを放つ女性だ。

先だって、ある調査で金沢にいっしょに行ったが、そのときからふたりの距離がぐっと縮まった。

京介は東京の大学の法学部に入り、司法試験を目指した。そして、大学四年のときに司法試験に合格し、大学を卒業後、二年間の司法研修生の生活を経て、現在はこの事務所で居候弁護士をしている。

京介が自分の執務室に落ち着いたとき、卓上の内線が鳴った。

「貝原茂樹さんという方です。岩田貞夫さんの裁判で裁判員をやられた方だそうです。先生にお会いしたいと……」

事務員の言葉を聞いて、京介はすぐに六十年配の男性の顔を思い出した。法廷で数日間顔を合わせていた。

だが、なぜ裁判員だった男が弁護人の京介に接触してくるのか、少し警戒しないわけにはいかなかった。

ただ、すでに裁判は終わっている。仮に検察側が控訴して高裁で控訴審がはじまっても、次は裁判員裁判ではないので貝原という男が裁判に関わることはない。

用件が気になり、

「わかりました。つないでください」

京介は事務員に答えて、すぐに相手につながると、

「はい、鶴見ですが」

と、応じた。

「先日の裁判で裁判員をしていた貝原と申します。突然お電話をして申し訳ありません。じつは、被告人だった岩田貞夫さんのことで教えていただきたいことがありまして」

「岩田貞夫さんのこと?」

意外な申し入れだったので、京介は驚いた。

「いったい、どのようなことでしょうか」

京介は問い返す。

「あのひと、ほんとうに岩田貞夫というひとなのでしょうか」

「どういうことでしょうか」

「出来ましたら、お会いしてお話を聞いてもらえたらと思うのですが」

「わかりました」

「よろしいですか。いつでも事務所にお伺い出来ます」

「いつでも？　今どちらに？」

「虎ノ門の地下鉄出口を出たところです」

「じゃあ、近くに？」

「はい」

「そうですか。では、これから事務所まで来ていただけますか」

「はい。そうさせていただきます」

貝原はほっとしたように電話を切った。

岩田貞夫の裁判で裁判員をしていた貝原とは、裁判員選任のときに面接をして言葉も交わしている。確か、大企業の研究所を去年定年退職したと記憶している。

貝原茂樹が事務所にやって来たのは十分後だった。貝原は髪に白いものが混じる頭を丁寧に下げて突然の来訪を詫《わ》びた。

「どうしても、確かめたいことだったので、失礼を顧みずにお電話をしてしまい申し訳ありませんでした」

「いえ。どうぞ」

簡単な仕切りのある相談室に貝原を通した。

机をはさんで向かい合うと、京介から切り出した。

「岩田さんのことで何かご不審が？」

「岩田さんは秋田県の出身だそうですね」

貝原は真剣な眼差《まなざ》しできいた。

「そうですが……」

京介は貝原の思い詰めたような目が気になった。

「岩田さんの右の腕に三つ並んだ黒子があるかどうか、ご存じでしょうか」

「腕？」

「右の二の腕です」

「いや、意識したことはありません」

京介は訝しく思い、

「あなたは、岩田さんと名乗っているひとが別人ではないかと疑っているようですが、どんな根拠でそうお思いに？」

「深い根拠があるわけではないのです。ただ、あるひとに似ているのです」

「あるひととはどなたですか」

京介は困惑しているような貝原にきく。

「その前に」

と、貝原は話を変えた。

「先生は四日市喘息をご存じですか」

「四日市喘息ですか」

いきなり話題が変わったことに戸惑いながら、京介は答える。

「昭和三十年代から四十年代にかけての四日市コンビナートによる大気汚染が原因となった喘息ですね。四日市喘息は四大公害病のひとつと学校で習いました」

京介は教科書で知ったことを話した。

「はい。熊本県の水俣《みなまた》湾で発生した水俣病、富山県の神通《じんずう》川流域で発生したイタイイタイ病、新潟県の阿賀野《あがの》川流域で発生した新潟水俣病と並んで四大公害病と言われました」

貝原は間をとって続ける。

「私は公害被害の中心に位置する塩浜という地区で生まれ、中学校を卒業するまで公害と闘いながら暮らしてきました」

京介は目を見張って聞いていた。

「私の祖父は海岸縁の磯津というところで漁師をしていました。磯津は、もっともコンビナートに近く、大気汚染の影響をもろに受け、たくさんの公害病の患者が出ました。祖父も喘息で十年近く、入退院を繰り返してきました。その磯津の患者九人が原告となってコンビナートの各企業に対して訴訟を起こしたのです。四日市公害訴訟にはいろいろな支援団体が出来、弁護団の努力もあって原告勝利で裁判を終えることが出来ました」

教科書でしか知らない、遠い歴史のかなたにあった四日市公害が急に間近に現れて、京介は不思議な思いだった。

「最初、有名な大企業を相手に裁判を起こすなど考えも及ばないことでした。その裁判を起こすことが出来たのは、船尾哲三というひとが勧めてくれたからなんです。船尾さんは四日市市立塩浜中学校の教諭をなさっていましたが、恋人の瀬尾文子さんを喘息の発作で亡くし、公害に対して深い憤りを覚えてのことです。船尾さんは訴訟を起こすと、教諭をやめて公害訴訟にすべてを捧げました」

貝原は熱い思いで語った。

「ところが、裁判が原告勝利で終わったあと、船尾さんは突然四日市を離れたのです。皆の前から黙って姿を消してしまいました。当時中学生だった私にとって船尾哲三はヒーローでした。伝《つて》を辿って行方を探しましたが、見つけることは出来ませんでした」

「ひょっとして、岩田貞夫がその船尾哲三さんではないかと？」

京介はきいた。

「はい。最後に会ってから四十五年経《た》っています。若々しかった青年も今は七十七歳。面変わりはしていますが、ふとした表情に昔の面影を見いだすことが出来ます。それに、船尾さんは自分の耳を指の背ではさんでもむ癖がありました。岩田さんにも同じ癖がありますた。たまたま同じ癖の持ち主だったと言ってしまえばそれまでですが……」

貝原はやや身を乗り出し、

「もうひとつの特徴が右の二の腕に三つ並んだ黒子なんです。それがあれば、船尾さんかどうかはっきりするのですが」

「もしかして、あなたは岩田さんに会いに行ったのではありませんか」

この事務所より先に、岩田に会いに行くのが自然だろう。だが、岩田が否定したので納得出来ず、貝原はここにやって来た。京介はそう思った。

「そのとおりです。岩田さんは否定しました」

貝原は落胆して言う。

「もし、船尾さんだったら、どうなさるのですか」

「祖父は船尾さんがいてくれたから公害訴訟に勝てた、今日の四日市の発展は船尾さんがもたらしてくれたんだと常々言っていました。亡くなる前も、船尾さんを四日市に呼ぶのだと、まるで遺言のように言っていました」

貝原は続けた。

「公害訴訟が原告勝利で終わったあと、コンビナートの各企業は公害をなくす装置を開発し、国は公害病認定患者の救済のために治療費や生活費を出し、県は公害についての条例を作り、企業が違反していないか調べるなど公害問題の解決に取り組み、飛躍的に成果を上げてきました。そんな中で、市民は公害問題を忘れないように、公害学習会を開いたりしています。公害と闘った歴史を後世に伝えるためにも船尾さんのことを記録に残しておきたいのです。船尾さんの勇気と行動力を四日市の子どもたちに伝えていきたいのです。もし、船尾さんが見つかったら、四日市に連れて帰りたいのです」

「なるほど」

京介は貝原の情熱にも感心した。

「船尾さんがいなくなったことで、燃え尽き症候群みたいになったのではないかと言うひともいらっしゃいました。私もそうかもしれないと思っています。公害訴訟に勝つことだけに集中して全生活をかけてきた船尾さんは、公害訴訟を終えて目標を失ったのだと思うのです」

「燃え尽き症候群ですか」

「船尾さんは先の目標を失ったのです。でも、それは船尾さんの間違いなんです。船尾さんには、公害との闘いの歴史を後世に、今の子どもたちに伝えていく役目があるのです」

「貝原さんのお気持ちはよくわかりました。私も岩田さんに会って確かめてみます」

「ありがとうございます。よろしくお願いいたします」

貝原は深々と頭を下げた。

貝原を見送ったあと、京介は岩田貞夫の人生に改めて向き合いたくなった。

国選弁護を引き受けてから、岩田は自分のことをまったく語ろうとしなかった。彼にとってホームレスになったのは過去を捨てたことを意味するのかもしれない。だが、彼が捨てた過去に向き合ってみようと、京介は思った。

2

翌日の昼過ぎ、京介は四つ木一丁目の荒川河川敷にやって来た。

川風はひんやりしているが、柔らかい陽差しは暖かく、土手の草木にも春の息吹が感じられた。

ブルーシートの家々の前には洗濯物が乾《ほ》してあった。

京介は岩田の家の前に立った。

「岩田さん」

声をかける。

返事はなかった。陽気がいいので、外で過ごしているのだろうと思い、川っぷちのほうに向かった。

すると岩田は、木の椅子に座って、本を読んでいた。

岩田は空き缶の回収をして僅かな金を稼いでいるそうだが、ゴミ捨て場から本を見つけてきては、よく読んでいると言っていた。

岩田の家の中には小説から哲学書まであらゆるジャンルの本がたくさん積んであったという。

京介は近づいていった。

岩田は足音に気づかないのか本を読み続けている。

「岩田さん」

京介は声をかけた。

岩田はおもむろに顔を上げた。

「あっ、鶴見先生」

岩田は本を閉じて立ち上がろうとした。

「どうぞ、そのまま」

「すみません」

岩田は再び椅子に腰を下ろした。

「何を読んでいらっしゃるのですか」

京介がきく。

「拾ってきたのをただ読んでいるだけです」

岩田は恥じらうように言う。

「岩田さん、施設に戻る気はありませんか」

「私はここのほうが気が楽でいいんです。どうも規則のある暮らしは苦手でして。それより先生、まだ、裁判は続きそうですか」

「控訴期限までまだ間がありますが、おそらく控訴しないと思います」

「そうですか。あんな堅苦しい法廷には二度と行きたくありません」

「そうですよね」

京介は応じてから、

「岩田さん」

と、口調を改めた。

「ちょっと妙なことをお訊ねするのですが、あなたの右の二の腕には三つ並んだ黒子がありますか」

「…………」

「ご不審はもっともなのですが」

京介は貝原の話をしようかと迷っていると、

「ありません」

と、岩田が答えた。

「ありませんか」

京介は遠慮がちに、

「念のために、腕を見せていただくわけにはいきませんか」

「………」

岩田は俯く。

「岩田さん、失礼しました。無理強いではありません。忘れてください」

京介はあわてて言う。

「先生」

岩田は顔を向けた。

「どなたかに頼まれたのでしょう。先生の頼みを断るわけにはいきません。ただ……」

岩田は言いよどんだ。

「岩田さん、無理しなくていいんですよ」

「そうじゃないんです。見て、いやな気分になるかもしれないので」

「………」

岩田は妙なことを言った。

「それをわかっていただいた上で」

そう言い、岩田は立ち上がってジャケットと穴の空いたセーターを脱ぎ、シャツの袖をまくった。

岩田が突きだした腕を見て、京介は、あっと叫びそうになった。

ケロイドになっている。

「これは……」

「昔、火事に遭ったんです。燃えた柱が倒れて来て、右腕で柱を支えたんです。腕から背中にかけて火傷《やけど》を負いました」

「そうですか……」

京介は痛ましい気持ちで言う。

「火事はどこで？」

「山谷の簡易宿泊所です」

「何年ごろですか」

「さあ、何年だったか。私が四十歳ぐらいのときでしたから」

「そうでしたか。失礼しました。さあ、早く、洋服を」

岩田はセーターを着たあとで、

「二、三日前、私を誰かと間違えて会いに来たひとがいました。もし、そのひとが先生を頼ったのなら、先生からよくお話ししておいていただけますか。ひと違いだということを……」

岩田は厳しい表情で言った。

火事に見舞われて火傷を負った岩田はとんだ災難だったが、そのために腕の黒子の有無は永遠にわからなくなった。

「わかりました。そうお伝えしておきましょう。また、二、三日したらお伺いします」

そう言い、京介は岩田と別れた。

警察が問い合わせた岩田の秋田県大館市の実家は兄の子どもの代になっていた。国選弁護を引き受けてから京介も岩田の実家に電話をしたが、五十年以上も前に出て行った男は他人と同じだった。

中学を卒業して東京に出てきて、その後は親の葬儀のときに秋田に帰っただけだ。昭和四十七年に勤め先が倒産したあと、解体業や運送会社などに勤務して、やがて人間関係に躓いて会社をやめ、四十歳のときから山谷に住んだという。

火事に見舞われたのはその頃と思われる。昭和五十五年前後のことだ。

火事のあとも山谷の簡易宿泊所に住み、日雇い労働者としてその日暮らしをしてきたが、五十歳のときに体を壊して働けなくなり、それからホームレスになったのだ。もはや、彼を知っている人間は誰もいない。もっとも、彼には心を通わす相手など不要なのかもしれない。

貝原が言うように船尾哲三かどうかはわからないが、仮にそうだったとしても、彼は船尾哲三であることを望んでいないのだ。

そう思うしかなかった。

夕方、事務所に貝原がやって来た。

「岩田さんに会って右腕を見せていただきました」

京介が切りだすと、貝原は身を乗り出した。

「残念ながらわかりませんでした」

「わからない？」

「ええ。岩田さんは四十歳のころ、山谷の簡易宿泊所の火事で火傷を負っていたのです。右腕はケロイドになっていました」

「そんな……」

貝原は絶望的な声を出した。

「黒子を消すためにわざと火傷をしたんじゃありませんか」

「いえ、火傷の跡は背中のほうにまで及んでかなり大きかったようです。それに、わざとそんな真似《まね》をする必要はないはずですが」

　京介は諭すように、

「岩田さんが船尾哲三さんであることを認めるとは思えません」

「…………」

　茫然《ぼうぜん》自失になっていたが、貝原はやっと口を開いた。

「でも……。私はますます船尾哲三さんのように思えてならなくなりました」

　貝原は思い詰めた目で、

「なんとか船尾さんだという証拠を見つけてみせます」

　と、意気込んだ。

「しかし、どうやって調べるのですか。岩田さんに付きまとうことは、あのひとに迷惑をかけることになります」

　京介は注意をした。

「…………」

「仮に、岩田さんが船尾哲三さんだったとしましょう。船尾さんが四日市から姿を消したのは、あなたが仰るように燃え尽き症候群のようなものだったからではないでしょうか。目的がなくなって、脱け殻のようになった。おそらく、ひとと接するのもいやになった。もう四十五年も経ったとしたら、もはや、船尾さんにとっては捨て去った過去かもしれません。自分が船尾であることを認めるのは過去と向き合うことになります。船尾さんにはその気がないのでしょう」

「そうですね」

貝原は悄然《しょうぜん》としている。

「もし、船尾さんではなかった場合、岩田さんの過去をほじくり返すことになります」

「ええ……」

急に、貝原は自信をなくしたようになった。

そう言って、貝原は大きくため息をつき、

「やはり」

「このままそっとしておくべきでしょうか」

と、気弱そうに言った。

「ただ、ほんとうに岩田さんが船尾哲三さんならば、私はもう一度、船尾哲三さんとして生きていって欲しいと思います。人生の最期を船尾哲三として迎えていただきたいと思います」

「そうです。私もそう思うのです。四日市公害の解決に尽力したひとなんです。晩年は自分の体験談を語り継ぐ役目を担ってもらいたいのです。今七十七歳ですが、寿命が延びている現在、あと十年は語り部としてやっていただけると思うのです」

「このまま、ホームレス生活を続けていくより、はるかに充実した人生を送れるでしょうね。ただし」

京介は言葉を切って間を置き、

「何度も言うようですが、これは岩田さんが船尾哲三さんだった場合のことであって、まず、そのことをはっきりさせなくてはなりません。過去を捨てている岩田さんを問い詰めても正直に答えてはくれないでしょう」

仮に岩田が船尾哲三だったという証拠が見つかっても、岩田はそれを認めようとしないだろうし、ましてや四日市公害の問題にもう一度目を向けさせることは至難の業かもしれない。

このことが岩田がホームレス生活から抜け出すきっかけになればという思いがあった。ただ、本人がいやがっていることを押し付けることは出来ないし、してはいけないことだ。

京介はその心配を口にした。

「わかりました。私にとって船尾哲三さんは英雄であり、あこがれのひとでした。その思い入れが強すぎて、勝手に暴走してしまったのかもしれません」

貝原は慎重になり、

「少し冷静な気持ちになって、船尾哲三さんのことを考えてみます」

と言い、立ち上がった。

「船尾さんをよく知っている方はいらっしゃらないのですか」

京介は思いついてきいた。

「もし、そういう方がいらっしゃったら、その方に岩田さんを見ていただくのもよいかと思いますが」

「そうですね。探してみます」

貝原は呟《つぶや》くように言い、

「お邪魔しました」

と力なく事務所を引き上げて行った。

だいぶ落胆したような後ろ姿だった。

京介は貝原を見送ったあと、執務室に戻った。

机に向かったとき、内線が鳴った。

「戸島《とじま》さんという方なのですが、岩田貞夫さんのことでお話があると」

受話器を摑むと、事務員が言う。

何か胸騒ぎを覚えながら、京介は戸島の用件を聞いた。

3

事務所に戸島がやって来たのは、翌日の昼前だった。

 戸島は七十代半ばぐらいの小肥りの男だった。相談室で向かい合うと、戸島が口を開いた。

「このまま放っておこうかとも思ったのですが、やっぱり気になりましてね」

「岩田貞夫さんのことだそうですが」

京介は確かめた。

「はい。じつは私は昭和五十年ごろから数年間、運送会社で、岩田貞夫さんといっしょに働いていたんです」

「岩田さんと？」

「ええ。岩田さんは他人とはあまり関わらなかったのですが、私とだけはよく話をし、呑みにも行っていました。四十近かったと思いますが独身で、汚いアパートに住んでいました。あるとき、岩田さんが上司と喧嘩《けんか》をして、急に会社をやめてしまった。それきり、会ってません」

戸島は続ける。

「私は今、江戸川区で孫といっしょに住んでいますが、去年、新聞で岩田貞夫の名を見たんです。四つ木一丁目の荒川河川敷で起きたホームレスの殺人事件です。あの岩田貞夫だろうかと気になりまして。それで、葛飾中央警察まで行って面会を求めたのですが、もちろん会うことは出来ません。それでも警察のひとが、岩田に会いたければ裁判に行けばいいと教えてくれました。被告人の岩田貞夫を見ましたが、あれは岩田さんじゃありませんよ」

「岩田じゃない?」

京介は心臓を鷲掴《わしづか》みされたようになった。

「ええ。最初は同姓同名の別人だったかと思ったのですが、検察官が冒頭陳述で口にした被告人の経歴は私が知っている岩田さんのものでした」

「年を経て、容貌が変わっているということはありませんか」

「確かに四十年以上経っていますが、あれほど劇的に変わるとは思えません。それに、公判が終わったあと、たまたま私は被告人と目が合ったんです。でも、被告人の顔は変わりませんでした。私に気づかなかったんです」

戸島は表情を引き締め、

「あの男は岩田貞夫じゃありませんよ。別人です」

「別人……」

「このまま放っておこうかとも思ったのですが、本物の岩田さんのことが気になりましてね」

「別人だという証拠はありますか」

「私の目ですよ」

「見間違い、あるいは記憶違いということは？」

「ありません。岩田さんはもっとごつい顔をしていました。あの男は岩田さんじゃありませんよ」

「…………」

「あの男は岩田さんの名を騙《かた》り、経歴までを奪っているんです。秋田県大館市の出身だということも千住モータースという会社で働き出したこともいっしょです。本物の岩田さんはどうしたのか、そのことが知りたいのです」

戸島は訴えるように、

「先生、本物の岩田さんがどうしているのか、あの男からきき出していただけませんか」

「他に、法廷の岩田貞夫が別人であるという客観的な証拠はありませんか」

「そうですね」

戸島は首をひねったが、

「今、思い浮かびません」

と、首を横に振った。

「そうですか」

「本人に確かめてはいかがですか」

「もし否定されたら、そこで終わりです。追及するものがなければ……」

「そうですね」

戸島はため息をつき、

「私は岩田さんは死んでいると思っています。その死にどの程度、あのひとが関わっているのか」

「…………」

「先生。もし、先生のほうで調べてもらえなければ警察に行くつもりです。警察なら、いろいろ調べてくれるでしょうから」

京介は困惑した。

「ともかく、本人に確かめてみます」

「お願いします」

戸島は引き上げていった。

京介は困惑した。

貝原に続き、戸島の出現で岩田の素性に疑問符をつけざるを得なくなった。

岩田はホームレスの自立支援センターの世話になることを拒否し、生活保護の手続きもとろうとしなかった。

素性を偽っているという負い目からか。

いずれにしろ、戸島の訴えを警察・検察側が知れば岩田に対して疑惑をいっきに深めるに違いない。

戸島が言うように本物の岩田は死んでいる可能性が高い。そこに犯罪の疑いがかかってくるのは間違いない。

そして、貝原が言うように、あの男は船尾哲三である可能性が高まった。

船尾は岩田を殺し、死体をどこかに埋めて岩田を名乗っている。そういう解釈のもとに検察側が馬淵将也殺しで岩田を控訴するかもしれない。過去に殺人を犯した人間がまた新たに殺しをしたという印象をもたれかねない。

仮に岩田を殺していたとする。その件と今回の馬淵殺しは関係ないとはいえ、裁判官に対する心証は極めて悪くなる。

京介は困ったことになったと思った。

翌日の午後、京介は荒川河川敷にやって来た。

きょうも岩田は川っぷちの古い椅子に座って本を読んでいた。

京介が近づいて行くと、岩田は気配に気づいて顔を上げた。

岩田は軽く会釈をした。

「すみません、たびたび」

京介は声をかける。

「岩田さん、ちょっと困ったことになりましてね」

「なんでしょうか」

岩田の目が鈍く光った。

「初公判のとき、傍聴人に七十代半ばの男性がいたのを覚えていませんか」

「そういえば……」

岩田は目を細めた。

「傍聴人が少なかったから、覚えているでしょう」

「ええ」

「誰だか知っていますか」

「いえ」

何かを感じ取ったのか、岩田は不安そうな顔で答えた。

「その男性は戸島さんといい、昔、運送会社で岩田さんといっしょに働いていたそうです」

「…………」

「戸島さんが何を仰ったかおわかりですね」

「私は戸島というひとを知りません。勘違いしているんじゃないでしょうか」

「また、勘違いですか」

「…………」

「岩田さん、立て続けにあなたが別人ではないかというひとが現れました。どういうことなのでしょうか」

「わかりません」

「あなたはほんとうに岩田さんですね」

「ええ」

「それを証明できるものはありますか」

「いえ」

「岩田さん、もし、何らかの理由で、岩田を名乗っているのだとしたら、私に正直に打ち明けていただけませんか」

「打ち明けるも何も……」

「検察側がこの件を知れば、最大限に利用してきます。おそらく、控訴をしてくるでしょう。そうなれば、控訴審であなたの素性を明らかにしようとするでしょう」

「………」

「本物の岩田貞夫が見つからなければあなたに最悪の疑いをかけてきます。それはあなたが岩田貞夫を殺して岩田になりすましたということです。そして、その疑いのまま、馬淵将也殺しを審理するようになります」

「………」

おそらく、岩田貞夫を殺していたとしても昔のことだ。殺人事件の時効が撤廃される前のことだろうから、罪に問われる可能性は低い。だが、そういう人間であることは情状面で不利になる。

馬淵将也殺しではアリバイが完璧にあったという理由での無実ではなかった。あくまでも疑わしきは罰せずの法理から無罪になったという経緯だ。

「岩田さん、そうなったら不利です。その前に、あなたにほんとうのことを話していただきたいのです」

「ほんとうのこと……」

岩田は呟く。

「岩田貞夫の名を使うようになった理由です」

「………」

「岩田さん」

「先生、お時間をいただけませんか」

「時間ですか」

「ゆっくり思い出してみたいのです」

「わかりました。では、一日待ちましょう。あなたが、すべてを話してくれたら、検察側に控訴を断念させることが出来ます」

「はい」

岩田は頷いた。

京介が河川敷から土手に上がったとき、携帯が鳴った。表示を見ると、葛飾中央警察署の笠置警部補からだった。

「もしもし」

空き巣事件の件かと思いながら、京介は電話に出た。

「葛飾中央警察署の笠置です。じつはたった今、戸島というひとがやって来ましてね」

「戸島……」

「その件で、お話があるのです。近々、こちらに来ていただけるとありがたいのですが」

「今、四つ木一丁目の荒川河川敷に来ています。これから、お伺いいたします」

「それはよかった。お待ちしています」

携帯を仕舞い、京介は葛飾中央警察署に向かった。

前回と同じ刑事課の隅にある応接セットで、笠置警部補と差し向かいになった。

「電話でお話ししましたが、戸島というひとがやって来て、岩田貞夫のことで妙なことを言うのです」

「きのう、私のところにも来ました」

京介は正直に答える。

「あの男は岩田貞夫ではないと言っています。いちおう、鶴見先生のご意見を伺ってからと思いましてね」

「その件で、今、岩田さんに会ってきました」

「いかがでしたか」

「思い出す時間が欲しいというので、一日待つことにしました」

「そうですか。で、鶴見先生のご意見は？」

「戸島さんが言うように、岩田貞夫とは別人だと思います」

京介は貝原のことは黙っていた。

「あの男は岩田貞夫になりすましていたのですね」

笠置が忌ま忌ましげに言う。

「なりすましていたという言い方があっているかどうか。岩田貞夫は中学を卒業して東京に出て千住モータースに就職し、昭和四十七年に会社が倒産したあと、解体業や運送会社などに勤務して、やがて人間関係に躓いて会社勤めをやめ、四十歳のときから山谷に住んで日雇い労働者としてその日暮らしをしてきたということでしたね。おそらく、偽の岩田もその頃、山谷に住んでいたのではないでしょうか」

偽の岩田が船尾ならば、昭和四十七年に四日市を出たあと、各地を転々として山谷に流れ着いたという想像が出来る。

「その後、偽の岩田は山谷にも住めなくなり、ホームレスになった。山谷のときもそうだったでしょうが、ホームレスには過去や名前など不要とする人間が多いでしょう。山谷時代に知り合った岩田の名を軽い気持ちで使っていたのではないでしょうか」

「しかし、今回、警察に逮捕され、岩田貞夫と名乗っています。秋田県大館市出身だとも言っていました。もし、本物の岩田がいたら、すぐばれてしまうところでした。それなのに堂々と名乗ったのは、ばれる心配がなかったからかもしれません。つまり、本物の岩田はすでに死んでいる……」

笠置が何を言おうとしているのかを悟り、京介は気が重くなった。

「大館市の実家には岩田の死亡の連絡は入っていません。戸籍上は生きていることになっているのです。それなのに、偽の岩田は本物の岩田が死んだことを知っていた。つまり、偽の岩田は本物が死んだことに関わっていることになります」

「岩田貞夫を殺したと？」

「そういうことになります。ですが、ずいぶん昔のことであり、立証は難しいでしょう」

「百歩譲って、偽の岩田が本物を殺していたとしても、馬淵将也を殺したという証拠にはなりません」

京介は牽制《けんせい》する。

「ただ、その疑いが十分にあるということは、今回の事件を引き起こす可能性があるということではないでしょうか」

笠置は言ってから、

「いずれにしろ、偽の岩田は他人の名を勝手に使っているのであり、また本物の岩田貞夫の安否を問い質《ただ》すためにも警察に出頭願わなくてはなりません。鶴見先生がお連れくださるか、我々が任意同行を求めるか……」

「私が連れてきます」

京介はきっぱり言った。

「わかりました。お待ちしています。そうそう、先ほど地検のほうにもこの件を報告しておきました。地検はだいぶ喜んでましたよ。これで控訴出来ると」

笠置はほくそ笑んだ。

「空き巣事件の捜査はいかがですか」

「空き巣の現場には犯人のものと思える物証がなく、馬淵将也だと特定できる段階ではありません。もう少し時間がかかりそうです」

「そうですか」

「もし、馬淵将也が空き巣犯だとしたら、事件の様相はだいぶ変わってきますね」

笠置は厳しい表情になって、

「だとしても、偽の岩田の犯行に変わりないと思いますが」

「いえ、もっと変わるはずです」

「………」

「それから、佐川さんから話は聞きましたか」

早川三郎の近所に住む佐川は事件の夜、九時ごろ早川三郎に会っていたと証言しているのだ。

「聞きました。やはり、早川に会ったそうです。犬は連れていなかったと言いました。その証言を伝え早川から事情を聞きました。早川は目撃したと思っていたのは勘違いだったと、言っています」

「勘違いとはとうてい思えませんね」

「ええ。偽証罪で訴えないのですか」

「ええ。偽証罪でけりをつけたくはないのです」

京介は真顔で言う。

「と言いますと？」

「なぜ、偽証したのか。真の狙いを警察の手で明らかにしていただきたいのです」

「なんだか、何かを隠しておられるように感じられますが」

「いえ。弁護士の推理には限界がありますから」

京介は曖昧に言う。

「わかりました。じゃあ、偽の岩田の件はお願いいたします」

笠置は引き上げて行った。

戸島が警察にも行ったことは計算外だった。このぶんでは、検察側は控訴に踏み切るかもしれない。

執務室に戻り、京介は偽の岩田のことを考えた。なぜ、岩田の名を騙ったのか。やはり、貝原が言うように彼は船尾哲三なのだろう。その可能性が大きいと言わざるを得ない。

船尾哲三が自分の過去を捨てたかったのだとしたら、そのわけは何か。

いたのだ。

船尾が岩田と出会ったのはおそらく山谷であろう。そこで船尾は岩田から身の上を聞いたのだ。

その後、船尾は名を名乗らねばならない状況になって、岩田の名前を使った。笠置警部補が言うように、名乗ってもばれる心配がなかったからかもしれない。つまり、岩田が死んでいることを知っていたのだ。

船尾が岩田を殺したとは思えない。そう思ったとき、船尾の火傷跡を思い出した。彼がほんとうのことを話しているとしてだが、火事に見舞われたのは四十歳のころ、山谷でのことだと言った。

昭和五十五年前後のことだ。その頃、山谷の簡易宿泊所には岩田も住んでいたのではないか。

火事に遭ったのは船尾だけではない。岩田も被害に遭ったのではないか。岩田の被害の程度はどうだったのか。

それより、火事の原因だ。その火事を調べてみる必要があると、京介は思った。

翌日の午後、京介はまた荒川河川敷のいつも岩田が本を読んでいる場所に向かった。

だが、岩田が使っている椅子には誰も座っていなかった。京介は岩田のブルーシートの家に行った。

ホームレスのひとりが京介に会釈をしてから、

「先生」

と、呼んだ。

「何か」

京介は顔を向けた。

「岩田さんのところですか」

「ええ、そうです。いつも本を読んでいる場所にいなかったので」

「出て行きましたよ」

「出て行った？」

「昨日の夜、皆に挨拶して」

「なんですって」

京介は唖然《あぜん》とした。

「昨日の夜、出て行ったのですか」

「今朝です。夜明けに」

京介は岩田のブルーシートの家に駆け寄り、中を覗《のぞ》いた。

中年の男がカップ酒を呑んでいた。

「あなたは？」

「ここ、岩田さんから譲ってもらったんです」

「岩田さんはどこに行ったのですか」

「何も言ってませんでした」

京介は他のホームレスたちにもきいてまわったが、誰も行き先を知らなかった。

逃げたのか……。まさか、死ぬつもりではと不安になり、すぐ携帯で、笠置警部補に連絡した。

4

貝原茂樹は新幹線で名古屋に行き、近鉄特急に乗り換えて三十分後、近鉄四日市駅に下り立った。

改札を出たところで、相沢雄二《あいざわゆうじ》が待っていた。頭髪は薄いが、細身で若々しい。

「すまなかったな」

貝原は声をかける。

「なあに、どうせ暇だから」

相沢は塩浜小・中学校の同級生だった。相沢は名古屋の大学を卒業後、四日市に戻り、コンビナートの一企業である六菱昭和化成という会社に入社したのだ。

「何年ぶりだ？」

階段を下りながら、相沢がきく。

「おふくろの法事のとき以来だから五年ぶりだ」

貝原は答える。

駅前の駐車場に、車が停《と》めてあった。相沢が運転席に、貝原は助手席に乗り込んだ。

「まず、コンビナートのほうに行ってくれないか」

「電話で言っていたが、何かあったのか」

相沢が車をゆっくり発進させて言う。

「うむ」

「貝原は昔からそうだ。もったいぶって、なかなか切りださない」

「そういうわけじゃないんだ」

貝原は苦笑して、

「どう話していいのか、まだ考えがまとまっていないんだ」

「まあいい。話したくなったら話せばいい」

ＪＲ四日市駅前から右折して、国道二十三号に入り、四日市港に立ち並ぶ工場地帯を通過する。

そして、塩浜地区に入る。

「空気もきれいになったな」

貝原は工場地帯の上空の青空を見ながら呟く。

「昔は煙突からばい煙が出て、空を濁らせていたからな」

門に六菱昭和化成と書かれている工場の前に出た。

「俺が去年まで通勤していた会社だ」

相沢がハンドルを操りながら言う。

「企業の公害対策はずいぶん進歩した。ただ、公害はなくなったが、まだ喘息で苦しんでいる公害患者はいるからな」

「すまない。塩浜小学校の前まで行ってくれないか」

貝原が言うと、相沢は不思議そうに、

「どうしたんだ？　郷愁か」

そう言いながら、車のハンドルを切った。

相沢は小学校の門の前で車を停めた。体育館から鼓笛の音が聞こえてきた。

「公害裁判がはじまったのは俺たちが小学生のときだったな。あの頃のことを覚えているか」

「親たちが興奮していたからな」

「裁判を起こすきっかけになった中学校の先生を覚えているか」

「船尾先生だろう。忘れるわけはない。磯津や塩浜の人間にとっちゃ神様みたいなひとだったからな」

休憩時間になったのか、校庭に生徒の姿が現れた。

「行こう。怪しまれてもいけない」

貝原は言う。

「よし」

相沢は車を動かした。

「磯津のほうは？」

「いい。来ることを話してないし」

実家は代替わりして、疎遠になっていることもあるが、今回は別の目的で来ているので連絡はしていない。

「じゃあ。どうする？」

「駅へ戻ってくれないか。公害についての資料館が出来たそうじゃないか。そこに行ってみたい」

「わかった」

相沢は来た道を戻った。

途中で、寿司屋に寄って昼食をとり、近鉄四日市駅の近くにある『四日市公害と環境未来館』に向かった。

少し離れた場所に車を駐車し、貝原は相沢とふたりで館に入った。

二階の常設展に行く。四日市公害の歴史がわかりやすく展示されている。

当時の町の様子や、コンビナートが出来るまでの経緯、公害病の被害の実態などを見ていき、公害裁判のコーナーにやってきた。

裁判を起こした原告の人々の顔が白黒の写真で残っている。その中に祖父の顔もあった。

弁護団、支援団体の活動の様子。そして、貝原はある写真の前で足を止めた。

公害裁判で、裁判長ら裁判所関係者が現地調査として、磯津や塩浜を訪れたときのものだ。

裁判長らしき男の後ろで何か熱心に説明している若い男がいた。

「船尾さんだ」

貝原は呟いた。

若々しい姿だ。鼻筋が通り、凜々《りり》しい顔立ちだ。岩田と名乗った男の顔と重なった。

特に鼻筋がそっくりだ。

間違いない。あの男は船尾哲三だ。

「船尾さん、どうしているんだろうな」

相沢がぽつりと言った。

「船尾さんはどうして四日市を離れたのか。公害裁判が勝利に終わって、生きる目的を見失ってしまったのだとしたら残酷な皮肉だ」

貝原はやり切れないように言う。

「そのことだが……」

相沢が言いさした。

「なんだ？」

「もういいか。外に出よう」

外に出て、車に乗ったが、相沢はエンジンをかけずにハンドルに手をかけたまま、

「俺が働いていた六菱昭和化成の労働組合の副委員長から聞いた話だが……」

と、口を開いた。

「あの当時、反公害運動というと、コンビナート企業の人間は皆敵のように思われていたけど、企業の従業員も立ち上がっていたんだ。労働組合だけでなく、反公害に立ち上がった社員はいた」

「それは知っている。駅前でビラを配っていた女性はコンビナート企業の社員だと聞いたことがある」

「石油化学工場は石油、ガソリン、ナフサなどの可燃物を扱い、工場内はタンクや配管

などがたくさんあって危険な場所なんだ。だから、労働災害が多かった。そういう環境にいるからこそ、公害を出していることに責任を感じている人間もいたのだ。もちろん、一部だけどな」

相沢はさらに続ける。

「ところが、公害裁判がはじまってから企業の人間の態度が変わってきた。会社からの締めつけが厳しくなったんだ。裁判沙汰になる前は、企業で働く人間も反公害運動を盛り上げることで、企業側の公害に対する意識が高まり、かえって企業のためになる。そう思っていたが、裁判沙汰になって状況が一転した」

相沢は深呼吸をし、

「コンビナート企業の各社の労働組合が裁判の支援から離れていったそうだ。それでも心ある人間は支援をしようとした。そういう人間を切り崩そうと、会社側から雇われた暴力団関係者が暗躍したそうだ。その中に村井という男がいた」

「暗躍？」

「裁判の支援をやめろという脅しだ。いくら正義のためとはいえ、裁判の支援をすることは会社にとっては敵対行為だ。それまで反公害に協力してくれた人間も次々と支援から離れていった」

「そのことと船尾さんはどう関係しているんだ？」

「脅しをかけている村井という男に、船尾さんは抗議をしたそうだ。だが、素直に引き下がる相手ではない。船尾さんは何度も押しかけて切り崩しを抗議したそうだ。が、成果は上がらなかった。そんな中、村井が四日市港に死体となって浮かんだんだ」

「………」

まさかという胸騒ぎを抑えて、貝原は相沢の次の言葉を待った。

「村井が企業とは直接関係ないということもあって、公害運動の陰に隠れて事件は大っぴらにはならなかった。だが、警察はひそかに捜索を続けていたそうだ」

相沢は間をとった。

「組合の副委員長はこう言った。警察は船尾に目をつけていたようだったと」

「船尾さんがそんなことをするとは思えない」

貝原は反論した。

「裁判が終わったあと、警察は船尾さんを探していたそうだ。船尾さんが犯人かどうかはわからない。だが、警察は船尾さんから事情を聞こうとしたが、すでに四日市を離れたあとだったという」

「警察は船尾さんを疑っていたのか」

「わからない。だが、突然姿を消したことで疑惑を深めていた」

相沢は表情を曇らせた。

「村井という男が殺されたというのは間違いないのか」

「間違いない。その話を聞いて、俺は当時の新聞を調べた。四日市港で浮かんでいたのを、車でデートをしていた若い男女が見つけたんだ」

「…………」

「会社の幹部の中には、支援団体の人間が船尾さんを逃がしたのだと言うものもいたようだ」

「嘘だ、そんなことあり得ない」

「俺だって、そう思う。だけど、船尾さんは裁判が終わったあと、四日市からいなくなってしまったんだ」

「だから、燃え尽き症候群みたいに……」

「だからといって、誰にも言わずに姿を晦《くら》ますのは変だ。そうは思わないか」

「…………」

「それより、なぜ今頃、船尾さんのことを？　今回戻って来たのも、船尾さんのことと関係があるのか」

相沢がさらに問い詰めるように、

「ひょっとして、船尾さんに会ったのか」

と、きいた。

「去年の十月、東京の荒川河川敷でホームレスの殺人事件があったんだ。その裁判の裁判員になった」

「裁判員………」

「その裁判の被告人は七十七歳の男だ」

貝原は相沢をためすように、

「船尾さんに、ある癖があったんだ。覚えているか」

と、きいた。

「いや、俺は二、三度しか船尾さんと会っていない。癖がわかるほど……。あっ、そういえば、親父に連れていってもらった裁判の集会で、前に座っていた船尾さんは指の背で自分の耳をよくいじっていた。ひょっとして、その被告人も……」

「そうだ。被告人席に座っていてよく耳をいじっていた。それだけじゃない、年をとって面変わりはしているが、鼻筋の通ったところなど、若い頃の面影があった」

「………」

「裁判は無罪になった。それで、俺は会いに行った。彼は言下に否定した。自分は岩田だと名乗った。だが、俺には船尾さんだと思えてならないんだ。それで、今回、船尾さんであるという証拠になるものが何か見つけられないかと思って、四日市に戻ってきたんだ。まさか、そんな殺しの疑いがかかっていたなんて……」

「その男が船尾さんなら他人の名を騙っているということだな。何もなければ、他人になりすます必要はないはずだ」

相沢は怒ったように続けた。

「その男は船尾さんなのではないか。よほどの事情から船尾を名乗れないということだ」

「俺は船尾さんがひと殺しで逃げているとは思えない」

「船尾さんは公害裁判に命をかけていたそうじゃないか。反公害運動を潰そうとする輩《やから》は許せなかったのだ。裁判の支援を邪魔している村井に激しい怒りを抱くことはあり得ることだ」

「俺は信じられない」

貝原はため息混じりに言う。

「信じたくない気持ちはわかる。だが、船尾さんが何かから逃げるように四日市を離れたのは事実だ」

貝原は反論出来なかった。

「だが、俺は……」

相沢は言いよどんで、

「村井殺しが船尾さんの犯行だったとしても、船尾さんの四日市公害裁判における功績は貶められることはない」

「いや、違う」

貝原は否定した。

「どんな相手であってもひとを殺してはだめだ。許されることではない。ただ、ほんとうに止《や》むに止まれぬ事情で罪を犯すことがあるかもしれない。それでも、逃げたらだめだ」

貝原は胸をかきむしられる思いで言う。

「しかし、もうとっくに時効だ。罪に問われることはないんだ」

相沢が反論する。

「いや、法の裁きは免れても、ひととしての良心が自分を許していないはずだ。もし、船尾さんが村井を殺しているなら罪を告白すべきだ。それをしない限り、船尾さんは救われない」

貝原は言葉を切り、

「でも、俺は信じない。船尾さんがひと殺しだなんて」

と、言い切った。

「貝原の気持ちはわかる。なにしろ、船尾さんは君の永遠のヒーローだったからな」

「村井殺しに一番詳しい人間を知らないか」

「どうするんだ？　まさか、村井殺しを調べるというのか」

相沢は呆《あき》れたように、

「四十五年以上経っているんだ。そんな昔の事件を誰も覚えちゃいないよ。警察の人間だってとうに定年退職しているだろう」

「しかし、迷宮入りの事件じゃないか」

「村井は暴力団関係の人間だ。そんな熱心に捜索が行なわれたとは思えない。迷宮入りといっても、たいして堪《こた》えていなかったんじゃないか」

「村井に家族は？」

「確か、三十五ぐらいで独身だったと思う。同棲《どうせい》している女がいたらしいが……。事件を知っている人間はあまりいないだろうし、高齢だから記憶も薄れているだろうしな。俺に村井のことを教えてくれた労働組合の副委員長もとうに亡くなっている」

「………」

「気持ちはわかるが、今さら真相などわかるはずない」

「わかっている。でも、僅かでも可能性があるなら……。そうだ、新聞記者はどうだ？当時の新聞を読んだと言ったな。その記事を書いた新聞記者を探し出せないか」

「おいおい、四十五年以上経っているんだぞ。新聞記者だって達者でいるかどうかもわからない」

「達者かもしれない。新聞は何新聞だ？　四日市タイムスか愛知日報か？」

「俺が見たのは四日市タイムスだ」

相沢は苦笑して、

「負けたよ。よし、当たってみる。だが、今日明日というわけにはいかない」

「わかっている。じゃあ、俺はこのまま東京に帰る」

「なんだって？　来たばかりじゃないか。泊まっていくんじゃなかったのか」

「そのつもりだったが、岩田と名乗る男にもう一度会ってみたいんだ。会って、村井のことをきいてみたい」

「正直に言うはずない」

「そのときの反応を確かめてみる」

「ずいぶん、のめり込んでいるな」

相沢は目を見張りながら、

「かつての船尾さんもそんなだったんだろうな」

と、呟いた。

いや、こんなもんじゃなかったと、貝原は思った。公害との闘いは船尾にとって恋人の敵討ちでもあったのだから。

近鉄四日市駅まで送ってもらい、改札の前で別れの挨拶をした。

「今夜、うちに泊まるというので、家内もご馳走《ちそう》を用意して待っていたんだ。がっかりするな」

「すまない。奥さんによろしく言ってくれ」

「わかった。新聞記者が見つかったら連絡する」

「頼んだ。じゃあ」

貝原は改札を通った。

心は岩田の住む荒川河川敷に向かっていた。

近鉄四日市駅から名古屋に出て新幹線で東京に向かい、ＪＲと私鉄を乗り継いで、荒川河川敷に下り立ったころにはもう夕方の五時を過ぎていた。

貝原は河川敷を突っ切り、川岸近くまでやってきた。ブルーシートの家の前で七輪に薪を入れてお湯を沸かしている男がいたので声をかける。

「すみません。岩田さんのお住まいはどこでしょうか」

「岩田さんなら、もういない」

「いない？」

歯の欠けた男が言う。

「ふつか前にここを出て行ったよ」

「出て行ったですって。施設に？」

「施設など行かないよ」

「じゃあ、どうしてですか」

「わからねえ。昨日来た弁護士の先生も驚いていたよ」

「どこに行ったかもわからないのですね」

「わからねえな」

お湯が煮立ってきて、男はインスタントラーメンを鍋に入れた。

「お邪魔しました」

貝原はその場をあとにして、土手に上がり、鶴見京介の事務所に電話を入れた。いきなり、鶴見弁護士が出た。

「先日、岩田貞夫さんのことでお伺いした貝原ですが」

「貝原さんですか」

「先生、今、荒川河川敷の岩田さんに会いに来たのです。そしたら、いなくなっていました」

「ええ。突然、姿を消してしまいました」

「何があったのでしょうか」

「お話しいたしますから、明日にでも事務所に来ていただけますか。お昼の時間帯ならありがたいのですが」

「わかりました。十二時にお伺いします」

そう約束をし、貝原は電話を切った。

岩田貞夫が姿を晦ました。まるで、四十五年前の再現のようだと、貝原は思った。

5

その夜、京介は銀座の裏通りにある古いレストランで牧原蘭子と食事をしていた。

ワイングラスをテーブルに戻して、

「京介さん、どうかなさったの？」

と、蘭子は心配そうにきいた。

「えっ？」

「どこか上の空」

「あっ、ごめんごめん」

京介はあわてて、

「なんでもないんだ。さあ、いただこうか」

京介はワイングラスを摑んだ。

「岩田貞夫というひとがいなくなったんですって」

蘭子がきいた。

「先生から聞いたのか」

「ええ」

所長の柏田に、岩田貞夫がいなくなったあと相談したのだ。控訴期間中の岩田貞夫の身元引受人になっている京介の失態であった。

「まさか、いなくなるとは思っていなかったんだ」

「でも、行く場所は限られているでしょう」

「そうでもないんだ。ホームレスが集まる場所というのは、よそ者は簡単に受け入れてはもらえないだろうから、そういうところに行っても追い払われるかもしれない。それより」

京介は表情を曇らせ、

「ばかなことはしないと思うのだが……」

と、不安を口にした。

「自殺するかもしれないと？」

「うん」

京介は頷き、

「岩田さんにある疑惑が生まれたんだ。岩田さんの昔の知り合いが、岩田さんを別人だと言ったんだ。岩田さんは他人の名を騙っている……。あっ、やめよう。こんなときに仕事の話なんか興ざめだ」

京介は自戒した。

「それより、話って何？」

京介は口調を改めた。

「またにするわ」

「どうして？」

「そんな急ぐ話ではないから」

「…………」

蘭子はグラスを一気に空けた。

「もう一杯いただこう」

蘭子は言う。

京介はおやっと思った。話があると誘っておきながら、急ぐ話ではないからと先延ばしにするなんて彼女らしくない。

「蘭子さん」

京介が呼びかける。

「気になる。話してくれないか」

「ほんとうにいいの」

「こっちが仕事の話を持ち込んでしまったから、話を切り出す邪魔をしてしまったようだね」

「そんなことないわ」

蘭子は笑ったが、いつものような明るい笑みとはほど遠かった。自分のことにかまけて気づかなかったが、蘭子のほうにも屈託がありそうだった。

それからはいつものように明るく振る舞ってはいたが、どこか無理しているような気がしてならなかった。


翌朝、京介が事務所に出ると、蘭子はまだ来ていなかった。昨夜は遅くまでいっしょに過ごしたので、あまり寝ていない。京介もいつもより少し遅い出勤だったから、蘭子もこれからだろうと思っていたが、十時半になっても蘭子は出てこなかった。

柏田から呼ばれ、彼の執務室に向かった。

「昨夜、司法修習所時代の仲間の集まりがあってね。地検の検事がいたのでさりげなくきいてみた。岩田貞夫が他人の名を騙っているらしいことや、姿を晦ましたことから、控訴をする方向でいると教えてくれた」

「そうですか」

京介は複雑な思いに襲われた。

この前の裁判で、証人の早川三郎をもっと追及しておけば、たとえ岩田貞夫が何者であろうと、はっきりした無実を勝ち取れて、控訴する余地など残さずに済んだのだ。

「それにしても、岩田貞夫はどこに行ったのか」

柏田は難しい顔をした。

「見つかったら、なんとしてでも施設に入るように説得するんだ。まずはそれからだ」

「はい」

頭を下げて引き上げようとして、ふと思い出し、

「先生、きょうはまだ牧原さんが来ないのですが、何かあったのでしょうか」

「彼女はきょうは休みだ」

「休み？　風邪でも？」

昨夜、遅かったのがいけなかったかと思った。

「そうではない。前々から休むことになっていた。そうか、君には話していなかったか」

「何をでしょうか」

京介がきいたとき、柏田の机の上の電話が鳴った。

「失礼します」

やむなく、京介は執務室を出た。

昨夜、蘭子はきょう休むことを京介に一言も言わなかった。言い忘れたのか。それとも意識して言わなかったのだろうか。

胸にわだかまりを持ったまま、京介は自分の執務室で、別の民事事件の答弁書を書いて午前中を過ごした。

十二時ちょうどに、貝原茂樹がやって来た。

相談室の椅子に座るなり、

「岩田さんは荒川河川敷からどこかへ行ってしまったそうですね」

と、貝原はきいた。

「はい」

「どうしてでしょうか」

「じつは、先日、岩田貞夫さんと昔いっしょに仕事をしていたというひとが訪ねてきました」

貝原は真剣な眼差しで京介を見つめている。

「そのひとは新聞で岩田貞夫さんの名前を見つけ、いっしょに働いていた岩田貞夫ではないかと思ったそうです。そのことを確かめるために初公判を傍聴したということです」

「傍聴ですって。そういえば、ひとり七十代半ばぐらいの男性がいました」

「そうです、その方です」

京介は続けて、

「そのひとが、あの男は岩田貞夫ではないとはっきり言いました」

「やっぱり、船尾さんだったんだ」

貝原は感慨深げに言った。

「で、船尾さんの居場所はまだわからないのですか」

「船尾さんだと断定出来たわけではありませんので、岩田さんとお呼びいたしますが、まだ見つかっていません」

「警察が探しているのですか」

「はい。岩田さんの名を騙るようになった経緯を確認するためです。犯罪が隠されている可能性もありますから」

「船尾さんが岩田さんを殺して、岩田貞夫になりすましたと……」

貝原は茫然と言う。

「その可能性も含め、本物の岩田貞夫を探す必要がありますからね。それに、そこまでして素性を隠さねばならないのだとしたら、そのわけはどこにあるのか……」

そのとき、貝原が軽い悲鳴を上げた。

「どうかなさいましたか」

何かに気づいたように声を上げた貝原を、京介は不思議に思った。

「いえ」

貝原は表情を曇らせた。

「貝原さん」

京介は呼びかける。

「もし、何かご存じのことがあれば、何でも仰っていただけませんか。岩田さんは過去を何も語ろうとしません。このままでは、岩田さんはますます不利になっていきます」

「先生」

貝原はやり切れないようにため息をつき、

「私が知っているのは岩田を名乗っている船尾さんに不利になることです。もし、私が黙っていれば、岩田さんが船尾哲三であることを誰にも知られないで済みます」

「あなたは、岩田さんを、いえあなたにとっては船尾哲三を疑っているのですか」

「…………」

「だから、船尾哲三の過去の不利なことを口に出来ないのですね」

「疑っていません」

貝原は顔を上げて、

「ただ、冷静に考えても、船尾さんには不利なことなので」

「それでも構いません。教えていただけませんか。警察に喋《しゃべ》ったりはしません」

京介は貝原を諭す。

かなり迷っていたようだが、やっと貝原は口を開いた。

「きのう、四日市に帰りました。そこで友人に会い、船尾さんのことで思いがけない話を聞いたのです」

貝原は苦しげな表情で、

「公害被害者の支援をしていたコンビナート企業の各社の労働組合は、四日市公害裁判がはじまると、どんどん支援から離れていきました。それでも、個人的に支援をしている企業の人間もいたそうです。ところが、そういうひとたちに裁判の支援をやめさせようと、会社側が雇った暴力団関係者が暗躍したそうです。そのひとりに村井という男がいたそうです」

京介は黙って聞き入る。

「村井の妨害に堪えかねて、それまで反公害に協力してくれたひとも次々と支援から離れていったそうです。それで、船尾さんは村井のところに何度も押しかけて切り崩しに対して抗議したそうです。そんな中、村井が四日市港に死体となって浮かんだということです」

「村井が殺された？」

「はい。私の友人は六菱昭和化成という会社に勤めていたのですが、そこの労働組合の副委員長から、村井殺しで警察が船尾哲三に目をつけていたという話を聞いたそうです」

「………」

「裁判が終わって、船尾さんが四日市を離れたのはその追及から逃れるためだったのではないかという噂《うわさ》もあったと……」

「あくまでも噂なのですね」

「はい」

そのとき、事務員が電話だと呼びにきた。

「ちょっと失礼します」

貝原に声をかけ、執務室に戻った。

「葛飾中央警察署の笠置さんからです。急用だそうです」

事務員の声に、京介は胸騒ぎを覚えながら電話に出た。

「はい、鶴見です」

「笠置です。さきほど、岩田を見つけ、無事保護しました」

「そうですか」

「突然、岩田が馬淵将也殺しを自供しました」

「自供?」

京介は思わずきき返した。

「ほんとうに馬淵を殺したと言ったのですか。岩田は今どこに?」

京介は混乱して電話口に向かって叫んでいた。

第三章　理　由

1

京介は葛飾中央警察署に赴き、会議室で岩田貞夫を待った。岩田は保護されただけで、逮捕されたわけではなかった。

馬淵殺しを自供しているというが、その件は裁判で無罪になっている。ただ、この自供を受けて検察側が控訴するのは必至であった。

ノックの音とともに、扉が開いて、警察官が岩田を連れてきた。京介は立ち上がって迎えた。

「では、終わりましたらお知らせください。外におりますので」

警察官が部屋を出て行った。

「さあ、座りましょう」

京介は岩田に椅子を勧めた。

ばつが悪そうに軽く頭を下げ、岩田は腰を下ろす。

京介も座ってから、

「岩田さん。馬淵殺しを自供したというのはほんとうですか」

と、まず確かめた。

「はい」

「どういうことですか」

「先生、すみません。これ以上、嘘をつきたくないのです」

いっきに老け込んだように顔色も悪く、生気が感じられなかった。

「その前に、正直にお答えください。あなたの名は？」

「名？」

「そうです。ほんとうの名です」

「岩田貞夫です」

「秋田県大館市出身の岩田貞夫ですか、それとも同姓同名の別人ですか」

「………」

「岩田さん、どうなんですか」

「わかりません」

「わからないとは？」

「昔のことはよく覚えていないんです」

「最後に大館市に行ったのはいつですか」

「四十年以上前だと思いますが、記憶にありません。すみません」

岩田は頭を下げた。

「船尾哲三という名前に心当たりはありませんか」

「………」

「四日市に住んでいた船尾哲三です」

「知りません」

「あなたは四日市にいたことは？」

「ありません」

岩田は耳たぶを、手の指の背ではさんでもみ出した。

「船尾さんも耳たぶを指の背ではさんでもむ癖があったそうです」

京介が言うと、岩田ははっとしたように耳から手を離した。

「秋田県大館市出身の岩田貞夫の昔の友人があなたを見て、岩田ではないと言っています。このことについてどう思いますか」

「私にはわかりません」

「警察はあなたが岩田貞夫かどうか調べることになるでしょう」

「…………」

岩田は途方にくれたように首を横に振った。

「貝原茂樹さんというひとをご存じですか」

ふいに貝原の名を出す。しかし、岩田は静かに、

「わかりません」

「知らないのですか。それとも、覚えていないのですか」

「わかりません」

岩田はしらを切ろうとしている。

「事件のことをおききします」

「はい」

京介は話題を変えた。

「ホームレス仲間の馬淵将也を殺したのはあなたですか」

「たぶん」

京介はきく。

「たぶん？」

「よくわかりませんが、私が殺したと言われればそうかもしれないと……」

「自分がやったかどうかははっきりしないというのですか」

「なんだか、頭の中に靄《もや》がかかったようで」

「あなたが岩田貞夫かどうかもはっきりしないのですね」

「はい」

「それなのに、船尾哲三という名だけははっきり知らないとお答えになりましたね。どうして、そのことだけははっきり知らないと言えるのですか」

「…………」

「もう一度、おききします。船尾哲三という名前をご存じですか」

「いえ」

「知らないのですか。それとも、頭の中に靄がかかったようではっきりしないということですか」

「知りません」

岩田は頑固だった。

「貝原茂樹さんがあなたにお会いしたいそうです。会っていただけますか」

「いえ。会っても無駄です。私には何もわかりません。かえっていやな思いをさせてしまいますので」

「忘れているなら、思い出すこともあるかもしれません」

「いえ。すみませんが、お断りしてください」

岩田はさらに付け加えた。

「私はもう歳《とし》です。老い先短い身で、ただ静かに余生を送りたいと思っていました。馬淵殺しに巻き込まれてしまいましたが、それも定めだと思います。どうか、貝原さんという方にも、私をそっとしておいてくださいとお伝え願いたいのです」

「あなたの口からそう仰っていただけませんか」

「とんでもない」

岩田は手を左右に忙《せわ》しく振った。

「貝原さんは、あなたのことを四日市公害裁判に尽力した船尾哲三さんだと思っているのです。もし、ひと違いなら、あなたの口から違うと言っていただいたほうが貝原さんのためだと思うのですが」

「困ります」

「困るとは？」

「知らないのだから、私は何も答えられません。かえって、貝原さんをがっかりさせてしまいます」

「そのような気をつかう必要はありません」

「それでも、困ります」

岩田は頑《かたく》なだった。

「また、あとで相談しましょう」

京介は話し合いを切り上げた。

「警察はこれから、まだあなたにききたいことがあるそうです。岩田貞夫のことだと思います。あくまでも任意ですので」

「はい」

「それから、今夜から自立支援センターの施設にお入りください。おそらく、控訴され、あなたのいやがる裁判がまたはじまるようになりましょう。あなたの居場所をはっきりさせておかねばなりません。警察のほうで送ってくれると思います」

「はい」

岩田は手を耳に持っていきかけたが、はっとしたように手を下ろした。

「また、明日にでも施設のほうにお訪ねします」

京介は立ち上がり、ドアを開けて警察官に面会が終わったことを告げた。

四つ木から虎ノ門の事務所に戻った。すでに、柏田は引き上げたあとだった。

事務員も帰り、京介は執務室で考えを巡らせていた。

岩田は岩田貞夫であるかどうかははっきりしないと答えた。年齢による記憶障害を演出しているように思えてならない。というのは、岩田貞夫でないことが明らかにされる恐れがあるからだ。そうなったとき、自分の本名を隠すための布石だ。何も覚えていないで押し通すつもりなのだ。

ところが、船尾哲三の名にははっきり知らないと言った。わからない、覚えていないという返答では船尾哲三である可能性を残してしまうからだ。可能性があれば、いろいろな証拠を持ち出され、船尾哲三であることを証明されてしまうかもしれない。だから、きっぱり知らないと答えたのだ。しかし、そのことが結果的に船尾哲三であることを語っていることに気づいていないようだった。

岩田が船尾哲三であることはもはや間違いない。京介はそう思った。

だが、そのことで、岩田はさらに厳しい事実に直面しなければならなくなったのだ。なぜ、船尾は過去を捨て、岩田貞夫にならなければならなかったのかだ。そうなると、貝原が話していた暴力団関係者の村井という男の死体が四日市港で見つかった事実が重大になってくる。

この事件は犯人が挙がっていない。迷宮入りのまま、時効を迎えている。船尾の犯行と断定されているわけではない。だが、疑いは船尾に向かっていた。

昭和四十七年の公害裁判の判決後、船尾は四日市から姿を消した。その後の消息は不明だ。

だが、どこかの時点で、船尾は岩田貞夫と入れ代わっている。その可能性がある場所は山谷だ。

岩田貞夫の経歴を見てみる。

昭和四十七年、岩田は勤め先の千住モータースが倒産後、解体業や運送会社などに勤務した。が、人間関係に躓いて会社勤めをやめ、四十歳のときから山谷に住み着いたという。それからは日雇い労働者としてその日暮らしをしてきたが、五十歳のときに体を壊して働けなくなり、路上生活者になったという。

同僚だった戸島の証言から、岩田の行動がはっきりしているのは運送会社をやめたときまでだ。

山谷に住み着いた以降の経歴は船尾のものに違いない。

船尾は四日市を出てからどこに行ったのかわからないが、おそらく四十歳のときには山谷に住み着いていたのではないか。

そこに、岩田がやって来た。山谷のどこかの簡易宿泊所でふたりはいっしょだったのではないか。年が近く気が合ったということもあったのかもしれない。だから、岩田は自分の過去を船尾に話した。

あるいは、船尾のほうからしつこくきき出したのかもしれない。

そして、その後、ある時点から船尾は岩田と名乗るようになったのだ。そのとき、何があったのか。岩田は無事なのか。

何かが頭の中で弾《はじ》けそうになった。だが、不発で終わった。

京介は執務室を出て、給湯室に行き、インスタントコーヒーを淹《い》れた。

執務室に戻って、コーヒーを飲んで再び考えを続ける。さっき何かが閃《ひらめ》きそうだったのだ。

また、コーヒーをすする。

テーブルにカップを戻したとき、京介はあっと気がついた。

火傷だ。山谷の宿でのことだ。船尾の右腕から背中にかけてケロイドになっていた。

船尾の火傷の程度からしても他に怪我人《けがにん》が出た可能性もある。

京介はパソコンの前に座り、昭和五十五年前後の山谷での火災を調べた。

しかし、情報は少なかった。

京介は携帯を取り出し、事務所で雇っている調査員の洲本功二《すもとこうじ》の携帯に電話をかけた。

洲本が電話に出た。賑《にぎ》やかな様子が伝わってきたので、京介は手短に用件を伝えた。

「鶴見です。すみません。お願いしたいことがあります。明日にでも来ていただけますか」

「わかりました。朝イチでお伺いします」

「お願いします」

どこかで呑んでいるようだったので、京介はすぐ携帯を切った。

翌朝十時に洲本がやってきた。

執務室に迎え、応接セットで向かい合った。

洲本は営業マンのような穏やかな顔立ちだが、以前は警察官だった。

「用件をお伺いしましょうか」

洲本が切りだした。

「昭和五十五年前後に、山谷の簡易宿泊所で火事があったようなのです。その火事で、岩田貞夫という男が火傷を負っています。その火事がいつどこであったのか、そしてどの程度の規模だったのかを調べていただきたいのですが」

「わかりました」

「その火事に関わった消防士、あるいは警察官などがわかるといいのですが。難しいでしょうね。なにしろ、四十年近くも前のことですから」

「今の年寄りは元気ですからね。やってみましょう」

そう言い、洲本は立ち上がった。

「そうそう、昨夜、新宿で牧原蘭子先生を見かけましたよ」

「そうですか」

「じゃあ」

誰かといっしょだったのだろうか。気になったが、訊ねるのは気が引けた。

洲本を見送ったあと、京介は蘭子のことが気になった。きのう、柏田は蘭子のことで何か言いかけた。折《お》り悪《あ》しく電話があって、それきりになってしまったが、何を言おうとしたのだろうか。

柏田に訊ねたかったが、わざわざそのために行くことはためらわれた。

内線が鳴って、京介は受話器をとった。

「貝原さまからです」

事務員の声を聞いて、電話をつないだ。

「はい、鶴見です」

「先生、いかがでしたか」

「ひょっとして近くに？」

「はい。ビルの下から」

「そうですか。では、いらっしゃってください」

「わかりました」

貝原は電話を切った。

待つほどのこともなく、貝原がやってきた。

相談室として使われる簡単な衝立《ついたて》で仕切っただけの応接室で、机をはさんで向かい合った。

「やはり、あのひとは船尾哲三であろうと思われます」

京介は自分の感想を述べた。

「岩田貞夫のことにはわからないとか覚えていないという答えが返ってくるのですが、船尾哲三に関してははっきり知らないと否定しました。明らかに、このことを持ち出されるのをいやがっているようでした」

「そうですか」

貝原は沈んだ表情でため息をついた。

「それから、馬淵将也殺しを認めました」

「だって、裁判で無実だと言っていたじゃないですか」

貝原は憤慨する。

「船尾哲三であることを追及されるのを逃れたいのかもしれません。控訴審で有罪になれば刑務所までは追ってこないと思ったのでしょう」

「やはり、村井殺しの件が？」

「それも妙な話です。仮に犯人だったとしても、とうに村井殺しは時効になっています。それに、そのことから逃れるために、馬淵将也殺しの罪をかぶろうとしていることが解せません」

京介はふとため息をつき、

「あえて悪く考えれば……」

そこまで言って、京介は思い止《とど》まった。

「なんでしょうか」

貝原が気にした。

「いえ、なんでもありません。船尾さん、いえ岩田さんには時間をかけて説得してみます。貝原さんに会ってくれるように頼んでみます」

「お願いします」

貝原は頭を下げて立ち上がった。

貝原が引き上げたあと、京介は執務室でさっき言わずにいたことをもう一度考えてみた。それは悪事の連鎖だ。

確かに村井殺しは時効になっているが、船尾が岩田になりすましたころはまだ時効になっていない。この時点では、村井殺しの追及を逃れるために岩田になろうとしたと解釈出来る。

その後、偽者の岩田であることがばれそうになったことがあったのかもしれない。あるいは、偽者だと追及された。それで、その追及してきた男を殺した……。

ひとつの偽りを守るために次々と邪魔者を殺していく。その延長線上に馬渕将也殺しがある。

村井殺しの真実がわかれば、その後の犯罪が明らかになってしまう。それを恐れ、村井殺しを隠したいという心理になった。

そうとすれば、船尾は立派な殺人鬼だ。そういう解釈がなされないとも限らない。警察に岩田が船尾哲三であることを知られていいかどうか、京介は困惑した。

2

翌日の朝、貝原は新幹線に乗った。

きのう、相沢から電話があって、愛知日報の松永富三郎《まつながとみさぶろう》という元記者が、四日市支局時代に村井殺しの事件を取材し記事にしたとわかったと連絡してきた。さっそく、松永に会う約束をとってくれて、貝原は名古屋に向かった。

名古屋駅の新幹線の改札を出たところで相沢が待っていた。

「すまなかったな」

貝原は四日市から名古屋まで車で来てくれた友人に礼を言う。

「なあに、名古屋までは案外近い」

松永は現在は小牧《こまき》市に住んでいるという。

駅前の駐車場から相沢の車で小牧市に向かった。貝原は東京で就職し、ずっと東京で暮らしてきたので、小牧市ははじめてだった。

「前方に山が見えるだろう、小牧山だ」

相沢が説明する。相沢は名古屋に詳しかった。

「織田信長の小牧山城があったところだな」

「そうだ。信長が美濃《みの》攻めの拠点として築城したが、歴史上で有名なのは、秀吉と家康が激突した小牧・長久手《ながくて》の戦いだ。天守閣のようなものが見えるだろう。あれは昭和四十二年に建てられたものだ。歴史館になっている」

相沢の説明が終わるころ、車は川沿いの道に入り、やがて瓦屋根の大きな家の前に到着した。

「ここだ」

相沢はその家の横にある空き地に車を駐車させた。

門柱にあるインターホンを押し、相沢は来訪を伝えた。

すぐ応答があり、ふたりは玄関に向かった。

五十年配の女性が迎えてくれて、玄関横の客間に通された。床の間に、象牙の置物が飾ってあった。

座布団に座って待っていると、大柄な年寄りが入ってきた。

「相沢と申します。こちらが貝原さんです」

相沢が挨拶をする。

「まあ、座って」

松永は八十過ぎだというが、顔の肌艶もよく、若々しかった。

「これ、つまらないものですが」

相沢が持って来た菓子折りを差しだす。

「これはどうも」

松永は軽く頭を下げて、

「電話をいただいて驚いた。ずいぶん、昔のことをきかれたからね」

と、笑いながら言う。

「すみません。四日市タイムスに電話をしたのですが埒が明かず、そしたら、愛知日報の松永さんのことを教えてくださったのです」

「うむ」

さっきの女性が茶を運んできた。

「すみません」

貝原は礼を言う。

「息子の嫁だ」

その女性は会釈して部屋を出て行った。

「さっそくですが、松永さんは四日市公害裁判を取材されていたのですか」

相沢が切りだす。

「そうだ。裁判がはじまったころは三十歳だった」

懐かしむように、松永は目を細めた。

「船尾哲三さんをご存じですか」

貝原が口をはさんだ。

「知っている。裁判の急先鋒だった。原告や弁護団を叱咤激励している姿はよく覚えている」

「当時、反公害運動にはコンビナート企業に勤務しているひとも加わっていたのですね」

貝原は続けてきく。

「そうだ。たくさんいたよ、そういうひとたちは」

「給料をもらっていながら会社に楯突《たてつ》くということで、負い目もあったのでしょうね」

「そんな感じはしなかったな。それより、かえって会社をよくすることになる、社会のためになると思っていたんじゃないのかな」

「そうなんですね」

「だが、それも裁判がはじまったら別だ。会社と闘っている側につくことはやはり出来なかったのだろう。コンビナート企業の労働組合はどんどん離れていった。個人で参加していたものも抜けていった」

「そのことですが、会社側が暴力団関係の人間を雇って、圧力をかけたという噂を聞いたのですが」

　相沢がきいた。

「そう、切り崩しをしてきた。企業側の支援者がどんどんやめていくのは立場上、仕方ないと支援団体のほうは理解を示していた。それでも、企業側にはまだ熱心な支援者が残っていた。そういう人間に圧力をかけてきた」

「村井という男だと聞いたのですが」

「何人かいたが、そのひとりが村井だ」

　松永の記憶力は少しも衰えていないようだ。

「四日市港で村井の死体が発見されたそうですが」

「そう、後頭部が陥没していた。殺されてから海中に投げ込まれたのだ」

「犯人は捕まったのですか」

「いや、見つからず仕舞いだった」

「怪しい人間は浮かんだのでしょうか」

「一番に目をつけられたのが船尾哲三だ。彼は、会社側の切り崩しに怒って会社に乗り込んでいったりした」

「会社に乗り込んだのですか」

貝原は驚いてきいた。

「そうだ。村井にも抗議をしていた。そういうことから警察も彼から事情を何度かきいている」

「他にも何か船尾哲三に疑わしい点があったのですか」

「四日市港の近くで村井と船尾がいっしょだったのを見ていた人間がいた」

「誰ですか」

「支援団体の人間だそうだ」

「名前は？」

「知らされてない」

松永はそう言ってから、

「ただ、裁判中は警察もあまり動かなかった。なんらかの影響を考えたのかもしれない。だから、裁判が終わって本格的に聞き取りをはじめようとした矢先に、船尾哲三が姿を消した」

「警察は、船尾さんを探そうとしたのでしょうか」

「探したが、見つからなかった。ただ、容疑者ではなかったから、捜索も甘かったのだろう」

貝原は胸が痛んだ。

やはり、船尾はこの件から逃げたのだろうか。その後、船尾は放浪の末に山谷に行き着き、やがてホームレスになった。

すべては村井殺しに端を発しているのだろうか。

「船尾さん以外にも容疑者がいたのでしょうか」

貝原はすがるような気持ちできいた。

「もちろん、いた。村井はやくざな男だったからね。村井を恨んでいる人間はひとりやふたりじゃきかなかったはずだ。警察は当然、その方面も調べている。だが、誰も決め手にかけた」

「たとえば、どんなひとがいたのですか」

相沢がきく。

「ちょっと待ってくれ」

そう言い、松永は部屋を出ていった。

「よく昔のことを覚えていらっしゃる」

相沢が感心したように言う。

「ああ、安心した」

貝原も素直に喜んだ。

松永が古いノートを持って戻ってきた。

「お待たせ」

松永は座り、ノートを提示した。

「これは当時の取材ノートだ。ときたま、昔のノートを引っ張りだして見ることがあるんだよ」

「ずっと取っておられたのですか」

「自分の記録だからね。新聞記者として生きてきた証《あかし》だから」

松永はいとおしむようにノートを開き、ページをめくっていった。

「これだ」

松永はページをめくる手を止めた。

「殺される一週間ほど前、諏訪《すわ》町の四日市シネマという映画館の裏手にあった呑み屋で村井は喧嘩をしている。その喧嘩相手も疑われた。その他にも、金の貸し借りでもめていた相手もいた。ようするに、村井は殺されても仕方ないような男だったんだ」

「村井殺しの疑いで逮捕された人間はいなかったのですか」

「待てよ」

松永は次のページをめくった。

が、すぐに思いだしたように、

「そうだ、逮捕された人間はいなかったが、任意で取調べを受けていた男がいた。織元《おりもと》という男だ。呉服町通りの商店街で大きな衣料品店をやっていた男だ。織元は確か、女のことで村井に強請《ゆす》られていたんじゃなかったかな。だが、弁護士が付き、逮捕までにはいかなかった」

「織元の疑いは晴れたのですか」

「そうだ。アリバイがあったと書いてある。弁護士が記者の前で、アリバイが認められたと語ったのだ」

「そうですか」

相沢が頷いた。

「ちなみに、織元さんは今どうなさっているかおわかりになりますか」

貝原は念のためにきいた。

「その後のことはわからない。必要かね。必要なら調べてやるが、当時三十五歳だから今年で八十二だ。健在かもしれない」

「いえ」

その男に会っても、仕方ないと思いなおした。村井殺しの疑いをかけられた同士だとしても、船尾のことを知っているとは思えない。

「ところで、こっちからきいてもいいか」

松永が貝原と相沢の顔を交互に見た。

「なぜ、今になって船尾哲三のことを調べているのだね」

それは当然の質問だった。

「四日市公害裁判の原告のひとりが私の祖父でした。その祖父と仲間の漁師に裁判を起こすことを勧めたのが船尾哲三さんなんです。まだ小学生でしたが、私はその場にいたのです。私にとって船尾哲三さんはヒーローなのです」

貝原は訴えるように言う。

「私らも還暦を目前にして会社をやめ、時間が出来て、ヒーローの船尾哲三さんに会いたくなったのです。会うことは叶わなくても、せめてどうして四日市を離れて行ったのか。そのわけを知りたいと思ったのです」

「半世紀近くも前のことだよ」

「はい」

「松永さんも、船尾さんが四日市から姿を晦ましたのは村井さんの件に関わっているからとお思いでしたか」

相沢がきいた。

「それしか考えられないだろう」

松永は突き放すように言った。

「燃え尽き症候群みたいになったのではないかという話もありましたが？」

貝原は口をはさんだ。

「あったね。でも、それは船尾さんをかばうためにそれとなく誰かが言いだしたという見方も一部にはあった」

「どういうことですか」

「公害裁判で、船尾さんに村井殺しの汚名を着せないために、原告側の支援者の誰かが、逃げたのではなく燃え尽き症候群になったのではないかと言いだした。皆もそう思った。いや、そう思い込もうとしていた」

「逆に言えば、村井殺しの追及から逃れるために姿を消したと思っている人間が多かったということですか」

貝原は唖然としてきく。

「そう思いたくないからだろう」

「そんな……」

貝原は言葉を失った。

裁判の支援者の間でも、船尾は村井殺しの疑いを持たれていたということか。当時中学三年生だった貝原は、村井殺しのことは知らず、ただ裁判が終わったあと、船尾が四日市から姿を消したという事実に衝撃を受けた。そして、燃え尽き症候群のようなものだと聞かされ、そういうものかと思い、ずっとそう信じてきた。

だが、松永はそのことを否定した。

「松永さん」

相沢が身を乗り出して口をはさんだ。

「村井殺しの汚名を着せないために、原告側の支援者の誰かが燃え尽き症候群ではないかと言いだしたということですが、それは、松永さんの感想ですか、それとも……」

「感想ではない。何人かから、じつは本音は村井殺しの汚名を着せないためだと聞いた。もちろん、燃え尽き症候群のようなものだと信じている人間もいたよ」

どう挨拶して松永の家を辞去したのか覚えていないほど、貝原は混乱していた。

「どうした？　だいじょうぶか」

帰りの車の中で、相沢がきいた。

「ああ」

貝原はなんとか声を出した。

村井殺しが船尾の犯行かどうかは別として、当時の人々が心の底で船尾を疑っていたことに衝撃を受けた。

「燃え尽き症候群という説が、松永さんの言うような事情で噂されたものかどうか、まだわからない。当時の支援者のひとにきいてみよう」

「誰か知っているのか」

「『四日市公害を語り継ぐ会』のメンバーを紹介してもらおう。資料館に問い合わせれば教えてくれるはずだ」

「よし、行こう」

このままでは気持ちが治まらなかった。

車は名古屋から四日市に向かって高速に入った。

およそ一時間後、『四日市公害と環境未来館』のロビーに入った。

相沢が受付で訊ね、「四日市公害訴訟を支持する会」の事務局長だった三橋順治《みつはしじゆんじ》というひとの名を聞いて連絡をとった。

すぐに会ってくれるというので、自宅の場所を聞いたところ、近いので環境未来館に出向くということだった。

それから三十分後に、三橋順治が、チェックのシャツに茶のブレザーを羽織り、矍鑠《かくしやく》としてやって来た。八十代半ば過ぎとは思えない足どりだ。

二階の公害についての常設展の入口の近くにある休憩室の椅子に座って、

「貝原と申します。私は公害訴訟の原告だった漁師の孫です」

と貝原が挨拶すると、三橋は目を細め、頷きながら、

「確か、中学生の男の子がいたのを覚えている。そうですか、あのときの少年があなたでしたか」

「はい。判決があったとき、私は中学二年生でした。その後、東京の大学に行き、それからずっと東京で暮らしています」

「あなたは?」

三橋は相沢を見た。

「私は貝原の友人の相沢です。塩浜小学校、塩浜中学校といっしょでした」

相沢は名乗ってから、

「三橋さんは、公害訴訟をずっと支えてこられたのですね」

「そうです。私は四日市の高校の教師をしてました。校長と対立して組合のほうに出されたのです」

「どういう経緯で、公害訴訟の支援を?」

「船尾くんです」

「船尾哲三さんですね」

「そう。面識はなかったのですが、あるとき、いきなり私を訪ねてきましてね。塩浜中

学校の教諭だと言いました。今度、公害訴訟を起こすことになった、ついては、教職員組合も支援してくれないかと頼まれたのです」

やはり、船尾が動いていたのだ。

「その船尾さんですが、裁判が原告勝訴で終わった直後、突然四日市からいなくなってしまいました。三橋さんは、どうしてだとお思いに？」

「私もほんとうのところはわかりません。でも、やはり、燃え尽き症候群のようなものだったんじゃないでしょうか。自分の生活のすべてを裁判に懸けていましたからね」

「私たちもそう聞いていました」

相沢が口をはさむ。

「私は名古屋の大学を卒業後、四日市に戻り、コンビナートの一企業である六菱昭和化成に入社しました。そこの労働組合の副委員長から、村井という男が四日市港に死体となって浮かんだという話を聞いたのです」

「…………」

三橋の表情が曇った。

「三橋さん、この村井殺しで船尾さんが警察に疑われたそうですね」

相沢は迫るようにきいた。

「うむ」

三橋は困惑したように頷く。

「『四日市公害訴訟を支持する会』のメンバーたちは、村井殺しをどう見ていたのですか。船尾さんが犯人だと思っていたのでは？」

「なぜ、今になってそんな話を持ち出すのですか」

三橋は松永と同じ疑問を口にした。

「我々も還暦間近で、昔を懐かしんでいるときに、子どものころ私たちのヒーロー的な存在だった船尾さんの話になりましてね。そういえば、船尾さんはなぜ四日市から姿を消してしまったのかと、そのことを思い出して……」

貝原は、船尾らしい男と出会ったことは黙っていた。

「そうですか」

三橋は納得したように頷いたが、表情は曇らせたままだった。

「三橋さん、いかがでしょうか」

相沢がもう一度きく。

「君たちの永遠のヒーローだったそうだが、船尾くんの情熱には皆敬服していた。大企業を相手に裁判を起こしたって勝てっこないと誰もが思っていた。それを船尾くんは絶対に勝てると皆を叱咤してね。証拠集めにも奔走し、弁護団に提供していた。私たちも、彼には全幅の信頼を置いていた」

三橋は半拍の間を置き、

「村井という男が、企業の従業員でありながらこっちの支援をしているひとたちに脅しをかけていた。その現場に行き合わせた船尾くんは村井に激しく抗議したんです。その後、何度か船尾くんは村井とやりあった。村井が船尾くんに殴り掛かったこともあったようです。そんなことがあったのち、村井が四日市港に死体となって浮かんだ。警察もこのふたりの言い合いを知って、船尾くんから事情を聞くようになったのです」

「三橋さんは、船尾さんが村井を殺したと？」

貝原はきいた。

「わからない」

「わからないというのは、船尾さんが殺したかもしれないとも？」

「そういう疑いはありました」

「他の方も？」

「ええ、皆私と同じように考えていたでしょう。しかし、悪いのは村井で、船尾くんは少しも悪くない。だから、船尾くんをかばおうという雰囲気になっていました」

「では、船尾さんが四日市を出ていったのは燃え尽き症候群だったからというのは……」

「私たちが船尾くんをかばって話したことです。彼の実家は四日市市の東八幡町《ひがしはちまんちょう》にあって、そこには両親と兄夫婦が住んでいました。船尾くんは三男ですので、とうに家を出ていましたが、自分の家にも顔を出していません。ふつうではありません」

「…………」

貝原は絶句した。

「よく考えてごらんなさい。裁判が原告勝訴で終わっても、まだ公害はなくなったわけではなかったのです。燃え尽き症候群になるにはまだ早いんじゃないですか。ほとんどのひとは船尾くんが四日市を離れた理由を口には出しませんが、村井殺しと絡めて……」

船尾が四日市を離れた理由を四十五年間、燃え尽き症候群によるものだと思い込んできたが、それは誤りだった。

頭の整理がつかず、貝原は大声を発したいほどに混乱していた。

3

翌日、京介が民事訴訟の法廷を済まし、虎ノ門の事務所に帰ってくると、蘭子が柏田の執務室から出てきたところだった。

「蘭……」

事務所であることを忘れ、思わず蘭子と呼びかけそうになった。

「どうしていたのですか」

「鶴見先生。ご心配をおかけして」

「何か」

蘭子の暗い表情が気になった。

ドアが開いて、柏田が顔を出した。

「鶴見くん、中に。蘭子くんももう一度」

柏田が招き入れた。

京介は執務室に入り、ソファーに蘭子と並んで座った。

向かいに腰を下ろして、柏田が切りだした。

「じつは蘭子くんは事情があってうちの事務所をやめることになった」

「えっ？」

激しい衝撃が全身を襲い、目眩《めまい》を起こしそうになった。

「どうして？」

京介は蘭子の顔を見た。

「詳しいことは私にもわからない。ただ、蘭子くんのお父様のお考えだそうだ。どうしても、蘭子くんを必要としている事務所があると」

「事務所？　法律事務所のことですか」

「国際法律事務所だ」

「国際法律事務……」

京介は呟く。

「もともと、短期間の約束で蘭子くんをうちの事務所に入れたのだが、思ったより早く、事態が動いたらしい」

「そうですか。驚きました」

「君にはなかなか言い出せなかったそうだ」

「ごめんなさい」

蘭子が謝る。

「いや」

京介は落胆した素振りを見せまいと、微笑《ほほえ》みを浮かべた。

毎日顔を合わすことは出来なくなるが、他の事務所に移っても会う時間は作れるはずだ。京介はそう思って自分を納得させようとした。

「事務所はどこ？」

京介はきいた。

「ええ」

蘭子は言いよどむ。不安が増した。

「ニューヨークだそうだ」

「…………」

京介は声が出せなかった。

「そういうわけだ。蘭子くんが抱えている仕事は極力片づけていってもらうが、私と君とで振り分けて引き継ぐものもある」

柏田の声が遠くに聞こえる。

「鶴見くん」

京介ははっとして、

「すみません」

と、頭を下げた。

「そうか。鶴見くんにはかなり堪えているようだな」

「…………」

「私……」

蘭子が言いさした。

「どうやら、ふたりで話し合ったほうがよさそうだな」

柏田がいたわるように言い、

「もういいよ」

と、立ち上がった。

「すみません」

京介は蘭子とふたりで柏田の部屋を出た。

「ごめんなさい。あとで、連絡します」

そう言い、蘭子は事務所を出ていった。

京介は自分の執務室に戻り、椅子に座って惚《ほう》けたようになった。

蘭子は事務所をやめるばかりでなく、ニューヨークに行くのだという。だから、京介に言えなかったのだろうか。

いや、ニューヨークに行くことが言えない理由だろうか。それも大きなことだが、言い出せないほどのこととは思えない。

他に言い出せない理由は……。そこまで考えて、京介はあっと叫びそうになった。

（結婚か）

京介は焦って柏田のところに確かめに行こうとした。が、立ち上がったところで思い止まった。

柏田にきいても、蘭子から聞けといわれるに違いない。

再び椅子に座って、ため息をついた。

この前、食事をしたとき、彼女は何か言いたそうだった。だが、言えなかったのだろう。もっと彼女の気持ちを察してあげるべきだったと後悔した。

いや、話を聞いたとしても、地獄に落とされるような辛い内容でしかなかったはずだ。

京介はうろたえた。

金沢で、ふたりの距離はいっきに縮まったと喜んでいたが、思い込みに過ぎなかったのか。


卓上の内線が鳴った。

「洲本さんがいらっしゃいました」

「通ってもらってください」

事務員に答えて、京介は立ち上がった。

深呼吸をして心を落ち着かせて、洲本を待った。

ドアがノックされ、洲本がやって来た。

「お待ちしていました」

京介は弁護士の顔になって洲本を迎えた。

ソファーで向かい合うなり、

「何かわかりましたか」

と、京介はきいた。

「わかりました。火事はこれです」

　そう言い、洲本は新聞の縮刷版のコピーを差しだした。

　昭和五十七年の十月二十日の新聞の社会面だ。山谷で火事、簡易宿泊所が二軒全焼という見出し。

　記事に目を通す。簡易宿泊所の『曙《あけぼの》荘』で火事があり、火元の部屋で酒盛りをしていた宿泊客ふたりが巻き込まれた。ふたりは病院に運ばれたが、ひとりは焼死し、もうひとりは火傷を負ったものの命は助かったとあり、出火の原因を調べているとあった。

「助かった男が岩田貞夫、焼死した男は田中一郎だそうです。ふたりとも四十二歳。宿帳が焼失してしまい、田中一郎については、詳しいことはわからず仕舞いだったそうです」

「火事の原因はわかったのですか」

「『曙荘』の主人が同業の宿の主人に話したところによると、岩田貞夫が自分の部屋に田中一郎を呼んで酒を呑んでいたところ、酔っぱらった田中一郎が電気ストーブを蹴飛ばしてカーテンが燃えたと岩田が話していたそうです。ただ、宿の主人によると出火直前、激しく叫ぶ声が聞こえたそうです」

「激しく叫ぶ声？」

「ふたりが言い合いになったのではないかと、『曙荘』の主人が言っていたそうで、そのために、警察は岩田を任意で呼んでさんざん調べた。しかし、決め手はなく、田中一郎は事故死として捜査を終えたそうです」

「激しく叫ぶ声を聞いたとのことですが、どんなことを言っていたのかわかりませんか」

「わかりません。『曙荘』の主人も言葉まではっきり聞きとれなかったそうです。叫び声を聞いた人間は他にいませんので、わかりませんでした」

「そうですか。『曙荘』の主人は？」

「残念ながら、とうに亡くなっていました」

「三十五年前のことですからね」

京介はため息をついたが、ふと思いついて、

「火事のとき、他に宿泊客はいなかったのでしょうか」

「いち早く逃げて無事だったそうです。ただ、当時の宿泊客のことは宿帳も燃えてしまっていますので探し出すのは無理です」

「警察のほうは？」

「岩田の事情聴取をした当時の警察官の名はわかりました。星山《ほしやま》警部補です」

「星山警部補ですか」

「ただ、とうに警察をやめていて、いまどこに住んでいるのかわからないのです。現在、

七十代前半ですから、達者でいると思いますが」

「定年でですか」

「いえ、何か不祥事を起こしたようです」

「何をしたのでしょうか」

「日本堤《にほんづつみ》警察署できいても知っている人間はいませんでした」

「そうですか。それでは、星山警部補を探し出すのはちょっと骨ですね」

「なんとかやってみますよ」

「助かった男が岩田貞夫だとどうしてわかったのですか。本人がそう名乗ったからでしょうか」

「そうだと思いますが、はっきりしたことはわかりません」

「そうですか。ご苦労さまですが、またよろしくお願いいたします」

京介は洲本を見送ったあと、すぐに外出した。

江東区南砂《みなみすな》にあるホームレスの自立支援センターの施設に、岩田貞夫を訪ねた。

入口脇にある小部屋で、京介は岩田とテーブルをはさんで向かい合った。

「いかがですか、ここでの暮らしは？」

「あまりにも楽で、落ち着きません」

岩田は即座に答えた。

「あの河川敷が恋しいのですか」

「そうです。でも、私はもうあそこに戻ることはありません。また、裁判がはじまれば、今度こそ刑務所行きですから」

「あなたは馬淵将也を殺してはいません」

「私です」

「なぜ、嘘をつくのですか」

「嘘じゃありません」

「それでは、なぜ、自分が疑われるのがわかっていながら、自分の鉄パイプを使ったのですか。どうして、鉄パイプを隠さなかったのですか」

「まさか、凶器が鉄パイプだとはわからないだろうと思って」

「あの鉄パイプを見ましたか。馬淵さんの頭髪と血痕が付着していました。それを大事に持っていたのですか」

「あとで隠そうと思っていたんです」

「馬淵さんの腕時計と財布をどうして自分の住まいに隠したのですか」

「私が殺《や》ったとはわからないと思っていたので……」

「岩田さん、なぜ、やってもいない殺人事件の罪をかぶろうとするのですか」

「ほんとうのことですから」

「違います。あなたは殺していません」

「先生」

岩田は口調を改めた。

「私は今七十七です。私の祖父が亡くなったのは七十九歳です。あと二年で、祖父の死んだ歳《とし》になります」

「…………」

「私は何度か自殺を考えました。生きていても仕方ありませんから。でも、祖父の年齢までは生きようと決心したのです」

岩田は微かに微笑み、

「もう人生を卒業する時期になったのです」

「だからといって、偽りのまま人生を締めくくっていいのですか」

「…………」

「岩田さん」

京介は呼びかける。

「田中一郎という名を覚えていますか」

「田中一郎……」

岩田が怯《おび》えたような顔になった。

「あなたは山谷にいたとき、火事に遭い、右腕から背中にかけて火傷を負ったのですね」

「はい」

岩田は左手を右腕に当てた。

「火事は昭和五十七年十月十九日に発生しています。当時の新聞記事によると、簡易宿泊所の『曙荘』で火事があり、火元の部屋で酒盛りをしていた宿泊客ふたりが巻き込まれた。ひとりは焼死し、もうひとりは火傷を負ったものの命は助かったということです」

「…………」

「助かった男が岩田貞夫、焼死した男は田中一郎だそうです。岩田貞夫が自分の部屋に田中一郎を呼んで酒を呑んでいたところ、酔っぱらった田中一郎が電気ストーブを蹴飛ばしてカーテンに火がついたということです」

京介は岩田の顔を見つめ、

「この岩田貞夫があなたですね」

「そうです」

「ところが、田中一郎のことがまったく不明だったようです。つまり、こういうことです。田中一郎は偽名だった……」

京介は顔を突き出し、

「岩田さん、もうはっきりさせましょう。あなたが岩田貞夫ではないことははっきりしています。あなたが、田中一郎だったのではないですか」

「…………」

「あの火事で亡くなったのは岩田貞夫さんですね」

岩田は俯いた。

「あなたは田中一郎という名で山谷で暮らしていた。そんなとき、岩田貞夫が宿泊客としてやってきたのです。あなたの部屋と隣同士だった。同い年ということもあって、ふたりは急速に親しくなったのではないでしょうか。岩田貞夫は自分のことを隠さず話した。それだけ、あなたを信用していたからかもしれません」

「…………」

岩田は俯いたままだ。

「問題は火事の原因です。酔っぱらった田中一郎が電気ストーブを蹴飛ばしてカーテンに火がついたと、あなたは警察に話したそうですね」

「…………」

「どうなんですか」

「違います」

「違う？」

「田中一郎とは言ってません」

「どういうことですか」

「すみません。よく覚えていません」

「『曙荘』の主人が出火直前、激しく叫ぶ声を聞いたと警察に話したそうです。そのことで、あなたは警察からいろいろきかれたのではありませんか」

「そうかもしれません。あまり、よく覚えていません」

「あなたは岩田貞夫ではなく、田中一郎ですね」

「…………」

　また、岩田は口を閉ざした。

「岩田さん、もうあなたが岩田貞夫ではないことは明らかなのです。あなたは田中一郎ですね」

　京介はもう一度きいた。

「先生、すみません。頭が混乱してあまりよく考えられません。明日まで時間をください。お願いします」

「まさか。ここから逃げ出そうとするのではないでしょうね」

「いえ。もうそんな真似はしません」

「ほんとうですね」

「はい」

「では、明日までよく考えてください」

京介は立ち上がった。

帰りがけ、施設の所員に話をきくと、岩田は毎日部屋の中でじっとしていると言っていた。

祖父の年齢まで生きようと決心したという岩田の言葉を思い出した。祖父の年齢まであと二年だ。岩田は早々に人生の幕を下ろす気でいるのだ。偽りのまま人生を締めくくらせてはならない。京介は改めて思った。

4

翌日の午後。夜明け前から雨が降りはじめ、昼過ぎには本降りになっていた。電車の窓から荒川河川敷が見えた。

ブルーシートの家々に大粒の雨が降り注いでいた。住人たちはどうしているのだろうと不安になりながら、ホームレスの自立支援センターの所長の説得にも彼らは応じなかったという話を思い出した。

岩田と同じで、施設に入って管理されることがいやなのだろう。厳冬を乗り越え、暖かくなった季節には河川敷での暮らしのほうが気楽でいいのかもしれない。

京成四ツ木駅の改札を抜け、京介は葛飾中央警察署に向かった。きのう、笠置警部補から電話があったのだ。何か進展があったようだった。

葛飾中央警察署に着き、刑事課に案内され、いつもの衝立で仕切られた応接セットで笠置と向かい合った。

「ご連絡をありがとうございました」

京介は余裕の表情の笠置に、

「空き巣の捜査に進展があったのですか」

と、電話で聞いたことを確かめた。

「ええ。鶴見先生の仰るように空き巣の被害者宅の一軒から、馬淵将也の指紋が検出されました。また、馬淵のブルーシートの家から被害者宅で盗まれたライターが見つかりました。一連の空き巣は馬淵将也の仕業である可能性が高くなりました。それから」

と、笠置は続けた。

「馬淵将也は四つ木一丁目の荒川河川敷にやって来る前に浅草の隅田《すみだ》公園に半年ほどいたことがわかりました。馬淵が隅田公園にいた間、浅草界隈で空き巣が頻発してました。

つまり、馬淵はホームレス暮らしをしながら、空き巣を働いていたようです」

「やはり、そうでしたか」

「鶴見先生は法廷でもこの件を示唆していたようですが、気づいていらしたのですか」

「証拠があったわけでもないので……。それに、弁護人としてそこまでしていいかという自制が働いていたのです」

「そうですか」

「盗んだ金はいつも持ち歩いていたのでしょうか」

「いえ。銀行の自分の口座にATMから入金していました。じつは、最近になって馬淵のブルーシートの家に住み出した男がキャッシュカードを見つけて、警察に届けてくれたのです」

「キャッシュカードですって」

「ええ、馬淵の名義のものでした」

「いつ見つかったのですか」

「三日前です」

「三日前ですって？　なぜ、今まで見つからなかったのに、今になって？」

「わかりません。それで、調べてみたら、間違いなく馬淵の口座だったのです。その上で、あの近辺のATMの設置場所で利用者に聞込みをかけたところ、ホームレスふうの男がＡＴＭを使っているのを何度も見ているひとが何人かいました。特徴は馬淵にそっくりでした。馬淵の口座を調べてみると、口座の入金の日付がほとんど空き巣が入った翌日でした。馬淵将也が空き巣犯であることは間違いないようです」

「ほとんどが空き巣が入った翌日ということですが、そうではないときもあるのですね」

「ええ、一回だけ、空き巣の被害がないときに五十万を入金しています」

「五十万ですか」

「たいていの入金は数万なのですが、このときだけ金額が大きいですね」

「その入金はいつですか」

「九月二十六日です。その前後に空き巣の被害は報告されていません。おそらく、被害者が空き巣に入られたことに気づいていないか、被害者のほうに届けられない事情がある金だったのではないかと思われます」

「いずれにしろ、空き巣は馬淵将也の仕業だったのですね」

そのことがはっきりすれば、馬淵将也殺しの様相は違ってくるはずだ。

「これで、馬淵殺しは岩田貞夫の犯行だとするのは……」

「いえ、鶴見先生。馬淵が空き巣犯であろうがなかろうが、岩田は殺すことに関してはまったく無関係だったのですよ」

「では、なぜ、岩田は馬淵から腕時計と財布を盗んだのですか。まるで、金目当ての犯行のようではありませんか」

京介は続ける。

「岩田は馬淵が空き巣犯であることを知っていたのでしょうか。知っていたとしたら、どうやって知ったのでしょうか」

「岩田は馬淵が空き巣犯だとは知らなかったと思います。さっきも言ったように、そんなこととは無関係に殺意を抱いたのではありませんか」

「それでは、腕時計と財布を盗んだことをどう説明するのですか」

京介はもう一度言う。

「出来心でしょう」

「出来心？」

「それと、岩田は高齢ですからね。ひとの物を盗めば足がつくという判断がつかなかったのかもしれません」

「岩田はまだまだ頭はしっかりしていますよ」

「そうですが、やはりちょっとしたことでの判断能力は鈍くなっているんじゃないですか。本人もそれを認めていましたからね」

笠置はさらに続ける。

「先の裁判で、鶴見先生の弁護によって早川三郎の証言が否定されましたが、早川証言があってもなくても、また被害者の馬淵将也が空き巣犯だったとしても、岩田の犯行には変わりありません」

「警察や検察は早川証言をどう思っているのですか」

「どうと？」

「勘違いだったという言い訳を信じているのですか」

「まあ、不自然なところもありますが……」

「そこが問題ではありませんか。なぜ、早川三郎は嘘をついたのか」

「早川は勘違いだったと言っています」

「早川三郎が岩田らしい男を見たと警察に訴えたのは事件の翌日の夜でしたね。たった一日前のことを間違えるでしょうか。わざわざ、自ら訴え出ているのです」

「もし、嘘をついているとしたら、真犯人をかばうためですよね。しかし、早川三郎の周辺を洗いましたが、早川がかばわなければならないような人間はいませんでした」

「早川三郎本人はいかがですか」

京介は他人の疑惑を口にすることを控えてきたが、思い切って口にした。これは、かねてから思っていたことだ。

「早川には馬淵を殺す動機がありません」

「たとえば、早川は馬淵が空き巣をしていることを知っていて……。いえ、空き巣犯であることを知らなくても、馬淵がATMを使っているのを見ていたとしたら」

「鶴見先生。弁護士の先生らしくありませんね。証人として出てきた人間を疑うなんて」

「仰るとおりです。ただ、可能性を考えた場合……」

「先生が早川を疑う動機は、金目当てということになりますね。でも、馬淵の金は銀行です。現金は持っていませんでした。馬淵がATMを使っているのを見たというなら、早川は当然、金は銀行に預けてあることを知っていたことになりますね。だとしたら、早川はキャッシュカードを盗む目的で犯行に及んだということになります。でも、カードを手にしても暗証番号がわからなければ引き出せません」

「………」

「そんなことより、岩田は犯行を認めているのです。それと、あの男は岩田貞夫ではなく、山谷で田中一郎と名乗っていた男である可能性が高くなってきました」

「『曙荘』の火事ですか」

「さすが、鶴見先生ですね。すでにご存じでしたか。それなら話が早い」

笠置は感心したように言い、

「昭和五十七年十月十九日に発生した火事で岩田貞夫と田中一郎が巻き込まれ、岩田貞夫は助かったが、田中一郎が焼死しました。ふたりは酒盛りをしていて、喧嘩になり、電気ストーブを蹴飛ばして火事を起こした。しかし、実際は田中一郎が岩田貞夫になりすますために火事を仕組んだという可能性が高いのです」

「…………」

「三十五年前のことですから今さら真相を暴くことは難しいでしょう。しかし、その火事で、田中一郎を名乗っていた男が火事の後、岩田貞夫になったことは間違いありません。その岩田貞夫が今の岩田です」

笠置はなおも続けた。

「田中一郎も偽名でした。今の岩田の素性は謎です。田中一郎を名乗る前の名は何か、どこで暮らしていたのか、岩田はまったく語ろうとしないのです。しかし、田中一郎を名乗った時点で、岩田は自分の過去を捨てている。いったい、過去に何があったのか」

「…………」

「鶴見先生は岩田の過去をご存じではありませんか」

「まだ、はっきりとはわかりません」

「ということは何か少しは手掛かりがあるということですか。それだけでも、教えていただけませんか」

「しかし、本人は否定しているのです。違う可能性がありますので」

「そうですか。じつは控訴すべく検察と連絡をとりあっているのですが、万全な形で控訴したいという希望でしてね。それで、先生にお伺いしているのです」

「はっきりしたらお伝えします」

「警察で調べたほうが早いと思いますが」

「いえ、まだはっきりしませんので。間違いだったら、誰かに迷惑がかかるかもしれませんので」

京介はやんわり断った。

「そうですか」

「それより、火事の件はどなたからおききに?」

「岩田の事情聴取を担当した星山さんです。当時は警部補でした」

「星山警部補の住まいがわかったのですか」

「ええ、警察官を途中でやめ、今は……」

笠置が言いさした。

「何か」

「ええ」

笠置は口許《くちもと》を歪め、

「じつは星山さんは今は千葉刑務所に……」

「刑務所？　刑務官になったわけではなさそうですね」

「ええ、服役しています」

「何をしたのですか」

京介は驚いてきき返す。

「山谷の火事から十年後、ある事件の容疑者の奥さんと出来て、問題になり、警察をやめざるを得なくなった。その後、その女に若い恋人が出来、女からの別れ話に逆上し、女と男を殺したそうです」

「なんてばかなことを」

「愚かです。星山さんを知っているひとはみんな驚いていたようです。根が真面目なぶん、一度狂うとどんどん深みにはまっていったということのようです」

「星山さんは火事のことを覚えていたのですか」

「ええ、よく覚えていました。岩田貞夫が田中一郎を酔わせて火をつけたということも視野に入れて捜索したと話してくれました。ふたりが入れ代わった可能性を言うと、そこまでは気づかなかったと言いました。山谷で暮らしている人間は、名前はさして重要ではないと思っていたようで。もし、相手になりすますメリットがわかっていたらもっと調べを厳重にしていたかもしれないと言ってました」

「調べを厳重に？」

「一命をとりとめた男の犯行を見破ることが出来たかもしれないということです」

「しかし、当時は犯罪性はなかったという結論だったわけですよね」

「もっと慎重に捜査をしていれば、違った結論になったかもしれないということです。そのいずれにしろ、岩田は昭和五十七年十月までは田中一郎と名乗っていたわけです。その名も偽名でしょうが、素性がわかればまた違った展開になるでしょう。もっとも、岩田自身が話してくれないとなかなかわからないかもしれませんが」

笠置が話を打ち切るように、

「私からの報告は以上です」

と、言った。

「早川三郎の件は引き続き調べていただけませんか」

「ずいぶん早川にこだわりますね」

「ええ」

京介は早川の嘘の証言が気になるのだ。嘘をついてまで岩田を犯人に仕立てる必要があったのだ。それは自分を守るためだ。京介はそう思っていた。

雨が降りしきる中、京介は事務所に帰った。

無意識のうちに、蘭子の執務室に目をやる。蘭子がいる気配はなかった。すぐにでも連絡をくれると思ったが、まだ彼女から連絡はなかった。

洲本の携帯に電話を入れた。

「もしもし」

洲本が出た。

「鶴見です。星山警部補は今千葉刑務所に服役しているそうです」

京介は経緯を説明した。

「そうですか。千葉刑務所ですか」

「ええ、これでは探しても無駄でした」

「そうですね。じつは岩田は退院したあと、『守屋旅館』という簡易宿泊所に移っているんですが、ここの主人がまだ健在で埼玉のほうで暮らしているそうです。このひとに会ってこようと思っています」

「そうですか。ご苦労さまですが、よろしくお願いいたします」

電話を切り、京介は他の依頼者からの相談を受けた。最後の客が帰ったのは六時ちょっと前だった。

引き上げようとして机の上を片づけていると、電話が鳴った。事務員はもう帰ったあとなので、京介が電話に出た。

貝原からだった。

「先生、よろしければこれからお邪魔したいのですが」

「わかりました。お待ちしています」

それから五分もしないで、貝原がやって来た。

「まだ、降っているのですか」

「少し弱まってきました」

傘を傘立てに置いて、貝原が答える。

「さあ、どうぞ」

いつもの相談室で机をはさんで向かい合う。

「少し、お疲れのようですが」

京介は目の下に隈《くま》を作っている貝原を気づかって言う。

「最近、名古屋・四日市との往復が続きまして」

「やはり、船尾さんのことで」

「はい」

「何か悪い情報を得て来たようですね」

京介も表情を曇らせて言う。

「このまま、この件から手を引こうと思ったのですが、やっぱり鶴見先生には報告しておくべきだと思いまして」

そう前置きして、貝原は切りだした。

「愛知日報の松永富三郎という元記者が、四日市支局時代に村井殺しの事件を取材し記事にしたと知り、小牧市に住む松永さんに会ってきました。船尾さんに村井殺しの汚名を着せないために、原告側の支援者の誰かが燃え尽き症候群ではないかと言いだしたと話してくれました。支援団体のひとたちのほとんどが、村井殺しの追及から逃れるために姿を消したと思っていたそうです」

「しかし、周囲のひとがそう思っていただけで、実際はどうだったかは別ですよね」

「ええ。村井はやくざな男だったので、恨んでいる人間はひとりやふたりじゃきかなかったようです。たとえば、村井は殺される一週間ほど前、諏訪町の四日市シネマという映画館の裏手にあった呑み屋で喧嘩をしていたそうです。その喧嘩相手も疑われたということです。その他にも、金の貸し借りでもめていた相手もいたといいます」

貝原は息継ぎをし、

「一番疑われたのは呉服町通りの商店街で大きな衣料品店をやっていた織元という男だそうです。織元は、女のことで村井に強請られていたそうなんです。でも、弁護士が付いて逮捕までにはいかなかった。弁護士が記者の前で、アリバイが認められたと語ったということです」

「弁護士ですか」

京介は呟き、

「その弁護士さんの名をお聞きになりましたか」

「いえ。必要なら、松永さんにきいてみましょうか」

「お願いできますか」

「わかりました。わかったらお知らせします」

貝原はそう言ったあとで、

「もうひとり、『四日市公害訴訟を支持する会』の事務局長だった三橋順治さんという方にも会うことが出来て、話を聞きました。やっぱり、松永さんと同じようなことを言ってました。燃え尽き症候群みたいだというのは、三橋さんたちが船尾さんをかばって話したことだと」

貝原はやりきれないように、

「裁判が原告勝訴で終わっても、まだ公害はなくなったわけではなかったから、燃え尽き症候群になるにはまだ早いと。船尾さんの実家は四日市市の東八幡町にあって、両親と兄夫婦が住んでいたそうです。船尾さんは自分の家にも顔を出すことなく、姿を晦ましてしまった。やはり、村井殺しから逃れるためというのが自然な考えではないかと」

「やはり、船尾さんが疑われたのは、村井ともめていたことがみんなに知られていたからなのですね」

「ええ」

　今回と同じような気がする。

　岩田が馬淵将也殺しで疑われたのは、馬淵に召し使いのようにこき使われていることが知られていたからだ。

「先生」

　貝原は真顔になって、

「船尾さんのことは警察に黙っていてくれませんか」

　と、言いだした。

「なぜ、ですか」

「船尾さんはある時期から船尾哲三の名を捨て、岩田貞夫として生きてきた。岩田と船尾の人生を結びつけても誰も歓迎はしません。私もこれ以上は深入りしません。私の子どものころのヒーローを大事にするために」

「あなたは、船尾さんを信じないのですか」

　京介は口調を強めた。

「どうして自分のヒーローを信じられないのですか」

「信じろというほうが無理ですよ。船尾さんは公害訴訟に没入し、人生のすべてを裁判に懸けた。そして、裁判は原告勝訴という結果になった。すべてを公害訴訟に捧げた船尾さんは生きる目標を失い、それこそ燃え尽き症候群みたいになり、ひと知れず四日市を去った。この四十五年間、私はそう信じてきた。だが、当時のひとは村井殺しの追及から逃れるためだと思っていたというんです」

「しかし、村井殺しで船尾さんが重要参考人として取調べを受けた事実はないのでしょう。皆が勝手に思い込んでいるだけじゃないんですか」

「………」

「私も、もし今回の馬淵将也殺しが岩田さん、つまり船尾さんの犯行だとしたら、岩田貞夫の焼死も、村井殺しも、船尾さんの仕業だという考えに傾いたかもしれません。でも、馬淵殺しは違います。別に犯人がいます。村井殺しだって別に……」

「じゃあ、なぜ、船尾さんは四日市から姿を消したのでしょうか」

「他に理由があるのではありませんか」

京介が思いつきを口にした。

「船尾さんが公害訴訟に深く関わるようになったのは恋人の死がきっかけだそうですね。喘息の発作で亡くなったと?」

「そうです。結婚を考えていた恋人の命を奪ったのですから、公害を恨む気持ちは人一倍強かったのだと思います。公害裁判の支援は船尾さんにとって敵討ちだったのです」

「敵討ちだったとしたら、裁判が原告勝訴で終わり、被告側企業が控訴しないと約束した段階で敵討ちはなったのではないでしょうか」

「…………」

「そうだとしたら、恋人の墓前に勝利の報告に行ったでしょうね」

京介は続ける。

「貝原さんは、船尾さんに四日市に戻ってもらいたいのでしょう。船尾さんに公害を語り継ぐ語り部になってもらいたいのではありませんか」

「そうです」

「ぜひ、船尾さんにきれいになった四日市の空を見せてあげてください」

「きれいになった四日市の空……」

貝原が震えを帯びた声で、

「そうです、私は船尾さんに公害を克服した四日市を見てもらいたいのです。先生、ありがとうございました。私にはもうやるべきことはないと思っていましたが、船尾さんの原点を辿って、もう一度考えてみます」

来たときとうって代わって顔に興奮の色を浮かべて、貝原は引き上げて行った。

京介も改めて馬淵将也殺しに思いを馳《は》せた。

馬淵を殺したのは早川三郎ではないか。毎日河川敷に犬の散歩に行っている早川は、年寄りの岩田が若い馬淵から下僕のようにこき使われていることを知っていた。早川は自分の罪を岩田になすりつけるために、岩田が持っていた鉄パイプを凶器にし、死体から奪った腕時計と財布を岩田の住まいに放り込んだのだ。そして、犬の散歩中に何か棒のようなものを持った男がブルーシートの家のほうに向かうのを見たと警察に訴え出たのだ。年寄りだったという証言から岩田が浮上し、岩田の住まいの裏から血痕のついた鉄パイプが、そして住まいの中から被害者の腕時計と財布が見つかった。動機もあり、警察は岩田を逮捕したのだ。

だが、早川は犬の散歩中ではなかった。宅配の業者が留守中の家で犬の鳴き声を聞き、また近所の人間が河川敷で早川と会っており、そのとき、犬は連れていなかったと言っている。

つまり、早川は犯行時間帯に単身でホームレスの生活拠点に行っているのだ。

この経緯から京介は早川の犯行を疑ったが、裁判ではそこまで追及しなかった。動機がはっきりしないこともその理由のひとつだった。

早川は何かの折に馬淵将也が空き巣犯であることを知り、空き巣で得た金を奪おうとして馬淵のブルーシートの住まいに入って物色していたところを、帰ってきた馬淵にみつかって逆に痛めつけられた。その恨みでの犯行ではないかとも考えたが、あくまでも京介の想像でしかなかったために、早川の追及をためらった。

そして、もうひとつの大きな理由が、自分が弁護士であるということだった。被告人を守るためとはいえ、ひとを犯人だと名指しすることは出来なかった。

この二点から早川犯人説を封印してしまったのだが、今はそのことを後悔している。

一審では早川証言を崩したことで、被告人の犯行に疑問を抱かせることに成功し、無実を勝ち得た。

だが、ある意味、灰色無罪の面があった。裁判後に、警察に自分の考えを伝え、早川の犯行を暴いてもらおうとしたのだ。

ところが、予想外のことが起こった。運送会社で岩田といっしょだった戸島という男が警察に、岩田は偽者だと訴え出たのだ。船尾哲三であることは警察には伝わっていないが、このふたつの訴えは岩田を動揺させたようだ。

今、岩田は岩田貞夫の名が偽りであることを認めたと同時に馬淵殺しも告白した。これは京介にとっては計算外であった。

このまま、控訴審に入れば、一審の判決がひっくり返ることは目に見えている。

岩田の無実を守るためにも馬淵殺しは早川の犯行であることを明らかにしなければならない。きっと真実を摑んでみせると、京介は自分に言い聞かせた。

5

翌日、貝原は三たび、新幹線を名古屋で下り、近鉄特急で四日市に向かった。鶴見弁護士に言われなければ、心はくじけていたところだ。村井殺しのことだけに目を向けていたが、確かに恋人の死という大きな出来事が船尾にはあったのだ。

近鉄四日市駅に着き、改札を出ると、前回と同じように相沢が待っていた。

「何度もすまないな」

「構わんよ、時間ならたくさんある。それに、船尾さんのためならどんな労力も惜しまんよ」

相沢は笑いながら言う。

駅前の駐車場から車に乗り込んで、相沢が車を発進させた。

国道一号線を通り、塩浜に向かった。

「船尾さんの恋人の瀬尾文子の実家はまだ塩浜にあるそうだ。家は文子さんの兄の文蔵《ぶんぞう》さんが継ぎ、現在はその息子の代になっている。文蔵さんは四年前に亡くなったそうだ。ただ、妹の友子《ともこ》さんが同じ塩浜に住んでいる」

きのう電話したばかりなのに、相沢はさっそく調べてくれていた。

「でも、よく調べがついたな」

「瀬尾という名前に心当たりがあってね。それで、会社の後輩に頼んで社員名簿をみてもらった。瀬尾という名は何人かいたが、片っ端から電話をかけていって、三番目の家で、若いころになくなった叔母が文子だと教えてくれた」

「よくやってくれた」

相沢は答えて、

「運がよかっただけだ」

「それにしても、鶴見弁護士はたいしたものだな。だって、ホームレスの弁護をしたって金にはならないじゃないか」

「たぶん、持ち出しだろうな」

貝原は答え、

「鶴見弁護士と話していて、船尾さんを思い出したよ」

と、目を細めて窓の外に目をやった。

昭和四十二年の春、貝原が十歳で、喘息の定期的な診察で病院に行ったときのことだ。帰りに祖父の病室に寄った。同じ認定を受けて入院していた仲間の野島貞一という三十代の漁師が、祖父のベッドのそばにきて訴えていた。

彼は入院中の病院を抜け出して、コンビナートの各会社に抗議に行ったが相手にされなかった。さらに、市役所や県庁にも行ったが、国がやっていることだからと追い払われたと悔しがっていた。

そこに塩浜中学校の教諭だった船尾哲三が話にくわわったのだ。誰でも健康で豊かに暮らせる権利がある。裁判にかけたらどうかと勧めた。裁判と聞いて、祖父は天下の三菱や昭和石油相手に勝てるわけはない、と最初から諦めていた。野島も裁判は金がかかる、最後には無一文になってしまうと尻込みをした。いくら騒いだって、結局住民は見捨てられるだけだと嘆くのを、それで我慢出来るのかと、船尾が訴えたのだ。

死ぬまで病院の世話になり、病院の窓から亜硫酸ガスを含む煙がもくもくと出るのを眺め、他のひともやがて同じ病気にかかって死んでいく。そんなことでいいのかと叫ぶように言い、いっしょに闘おうと祖父たちを叱咤したのだ。

「鶴見弁護士はこう言った。村井殺しで船尾さんが重要参考人として取調べを受けた事実はないのでしょう。皆が勝手に思い込んでいるだけじゃないんですかとね」

貝原は続ける。

「確かに、俺たちはひとの言葉に左右されていた。その言葉も、思い込みから来ているだけだ。この目で確かめたことではなかった」

「確かにな」

相沢は応じる。

「そして、鶴見弁護士はこうも言ったんだ。私も、もし今回の馬淵将也殺しが岩田さん、つまり船尾さんの犯行だとしたら、岩田貞夫の焼死も、村井殺しも、船尾さんの仕業だという考えに傾いたかもしれません。でも、馬淵殺しは違います。別に犯人がいます。村井殺しだってそうだと」

貝原は続ける。

「じゃあ、なぜ、船尾さんは四日市から姿を消したのでしょうかときいたら、船尾さんが公害訴訟に深く関わるきっかけになった恋人の死のことを持ち出した。俺は今までまったくそのことに目を向けていなかった。恋人の敵討ちのつもりで臨んだ裁判が原告勝訴で終わったのだ。船尾さんは、恋人の墓前に勝利の報告に行くはずだ。もしかしたら、文子さんの家族にも会っている。恋人の家族が船尾さんが行方を晦ました理由を知っているかもしれないと思ったんだ」

あのときの祖父は船尾さんの熱い思いに突き動かされた。今、貝原は鶴見弁護士の言葉でくじけそうになった気持ちを奮い立たせたのだ。

国道二十三号は渋滞していた。トラックが多い。工場の煙突から白い煙が出ている。昔の公害問題が嘘のようなきれいな空だ。

やがて塩浜にやってきた。貝原の遠い親戚もまだこの地区にいるが、代が替わり、没交渉になっていた。

塩浜公園の近くにある瀬尾文子の妹の家に辿り着いた。隣の空き地に車を停めて、クリーム色の二階家の門柱にあるインターホンを押す。

「きのうお電話をいたしました相沢と申します」

「はい」

すぐに返事があった。

しばらくして玄関のドアが開いた。

白髪の品のよい婦人が顔を出した。七十代前半ぐらいだろうか。

「どうぞ」

「お邪魔します」

玄関脇の部屋に通された。

茶の支度をしているところに、

「お構いなく」

と、相沢が声をかける。

座布団に腰を下ろし、

「文子の妹の友子です」

と、婦人は頭を下げた。

「私たちも塩浜で生まれました。私は六菱昭和化成を去年定年退職しました」

相沢は自分の紹介をして少し打ち解けてから、

「じつは、船尾哲三さんのことでお訊ねしたいことがありまして」

「お電話でそう仰っておいででしたが、私でお役に立てるかどうか」

友子は首を傾《かし》げた。

「船尾さんとはお会いしたことは？」

「何度かお会いしたことがあります。とても素敵な男性でした。姉も美人でしたから、ふたりはとてもお似合いだったことを覚えています」

「おふたりは結婚を約束されていたのでしょうか」

「そうです。でも、姉は喘息にかかってときどき発作を起こすようになって」

「喘息の発作で、お亡くなりになったそうですね」

「ええ、まあ」

友子は少し曖昧な返事をした。

貝原は疑問を持ってきいた。

「何か」

「姉は発作が起きると胸をかきむしっていました。よほど苦しかったんでしょう。私も喘息には悩まされましたが、姉は特にひどくて」

友子はしんみりした。

「船尾さんは死に目には？」

「死んだのは船尾さんが研修のために町中のほうに行っている夜でした。駆けつけた船尾さんが姉の亡骸にしがみついて泣きじゃくっていたのをよく覚えています。火葬場の窓から工場の煙突の煙を恐ろしい形相で睨みつけていました」

「それから船尾さんは教諭をやめて、公害訴訟に熱心になっていったのですね」

貝原が頷いて言う。

「はい。周りの人は恋人の敵を討とうとしているのだと言ってました」

「裁判が原告勝訴で終わったあと、船尾さんは四日市から姿を消してしまいました。その理由に心当たりはありますか」

「いえ」

友子は首を横に振った。

「敵を討ったという思いで、文子さんの墓前に報告はあったのでしょうね」

貝原は確かめる。

「わかりません」

「えっ？」

「それまでも、船尾さんはお墓参りには一度も来ていないようでしたから」

「まさか」

恋人の墓参りをしないとは考えられない。こっそり、来ていたのではないかと、貝原は言った。

「家族の者は一度も船尾さんがお墓参りに来た姿を見ていません。祥月《しょうつき》命日にもです。墓参りだけでなく、一周忌、三回忌の法要にも参加していただけませんでした」

友子は少し不満そうに言った。

「なぜでしょうか」

「わかりません。声をおかけしたのですが、裁判で頭がいっぱいなのでという返事だったそうです。兄は、裁判で勝つまでは顔を出さないようにしているのかもしれないと言ってましたが、裁判が終わったあとも、お墓参りをした形跡はありませんでした」

「…………」

貝原は相沢と顔を見合わせた。相沢も信じられないというように首を傾げた。

「ただ」

友子が思い出したように言う。

「霊園の管理人さんが、裁判が終わって数日経った日の夕方、姉の墓前でうずくまっている男性を見かけたそうです。泣いていたようだと言っていました。もしかしたら、そのひとが船尾さんだったかもしれません。でも、それなら、どうして私たちの家に寄ってくれなかったのか。仏壇の位牌にも報告してくれなかったのか」

友子ははかなく笑い、

「今となってはそのひとが船尾さんだったか別人だったかわかりませんが、父と兄は船尾さんではないと言い切っていました」

「どういうわけで？」

「船尾さんには新しい恋人が出来たのだと思っていました」

「新しい恋人？」

「ええ、支援団体には若い女性もたくさんいましたし。船尾さんはそういう女性たちからも人気があったのです」

またも予想外の話を聞かされ、貝原は戸惑った。

「船尾さんが姿を消したのは、新しい恋人といっしょに四日市を離れたからと？」

「父と兄はそう言ってました」

「そういう女性の心当たりがあったのでしょうか」

「具体的に誰とわかったわけではありません」

「あなたも、そうお考えですか」

「わかりません。ただ、姉の亡骸にしがみついて泣きじゃくっていたひとが僅か数年で他の女性に心を移したなんて信じたくありませんでした」

台所のほうからいい匂いが漂ってきた。昼食の支度をしているようだ。貝原は相沢にそろそろ帰ろうと目配せした。

「いろいろありがとうございました」

「いえ、何かお役に立てたでしょうか」

「ええ、十分に」

貝原はそう言ったあとで、気になっていたことをきいた。

「文子さんがお亡くなりになったときのことですが、どちらでお亡くなりに？」

「塩浜病院です。喘息の発作が起こり、病院に担ぎ込まれたのです」

「病院でですか」

「ええ」

やはり、友子の表情に違和感を覚えた。

「ひょっとして、手当てが間に合わなかったのでしょうか」

「いえ、手当てをしていただいて、落ち着いたのです。それでも姉はまた発作が起こると恐《こわ》いのでと言い、そのまま入院しました。それで、家族は自宅に引き上げました」

友子は大きく息を吸い込んで吐いた。

「明け方、病院から連絡があって、姉が……」

「また、発作ですか」

「いえ、病院の屋上から飛び下りたと」

「飛び下りた？」

貝原は目を剝《む》いた。

「自殺だったということですか」

「そうです。姉は自殺だったのです。ベッドの枕元に、胸が苦しいという走り書きのメモが残っていました。喘息の発作が起こると、姉はいつも獣のようなうめき声を上げて苦しんでいました。その苦しみに、もう耐えられなくなっていたんだと思います」

帰りの車の中で、貝原も相沢も言葉を失っていた。

船尾の恋人の死が自殺だったということに衝撃を受けていた。苦しさから自殺に走った公害病患者は何人かいた。

恋人の自殺という衝撃と怒りが、船尾を公害裁判に向かわせたのだ。そんな船尾が新たな恋人などつくるだろうか。

気がつくと、近鉄四日市駅に着いていた。ふたりとも、ここまで一言も口をきかなかった。

第四章　遺　書

1

東京地検が控訴したという連絡を受けた翌日、京介は京成四ツ木駅に下り立った。商店街から一歩奥に入ると、落ち着いた住宅街になる。

笠置警部補から聞いた空き巣被害に遭った家の住所を頼りに、その辺りを歩き回った。荒川河川敷からそう遠くない場所に被害者宅が点在している。そのエリアの中に早川三郎の家がある。

京介は早川の家の前を通りすぎる。この時間、早川は会社に行っているはずだ。空き巣犯は馬淵将也に違いない。早川はどこかで馬淵が空き巣を働くのを見ていたのだ。

あるいは、馬淵がＡＴＭを使っているのを偶然目にして不審を抱き、馬淵の動きを監視して、空き巣を働くところを見たのかもしれない。

わからないのは、早川がキャッシュカードを奪っていなかったことだ。金目当ての犯行であればキャッシュカードを探すはずだ。

馬淵がうまく隠しておいたので探し出せなかったといえばそれまでだが、どうもひっかかる。馬淵がATMを使っているのを見たのであれば、キャッシュカードがあることを知っているはずだ。馬淵を殺したあと、持ち物を調べ、カードがなければブルーシートの家を探せばいい。狭い空間の中で、探し出せないはずはないのではないか。

カードを奪うつもりで襲ったが、馬淵はカードを持っていなかったのであっさり諦めたということか。

殺しておいて、そんなにあっさり諦めるとは思えない。

だとしたら、金目当ての犯行ではないのか。確かに、早川に金に困っているような感じはなかった。

単に、馬淵を殺すことが目的だったとしたら……。そのとき、京介の頭の中で閃いた。

その閃きの明かりに浮かんだのは夜の荒川河川敷の橋の傍の光景だ。そこにふたつの影。早川が鉄パイプで馬淵を殴ろうとしている。

なぜ、ふたりはわざわざそんな場所にやって来たのか。早川が馬淵を追ってきたのか。それとも早川が馬淵を誘《おび》き出したのか。

他のブルーシートの家の住人はひとの争う声を聞いていない。どちらかが追って来たのなら、何らかの言い合いがあったはずだ。それを聞いた者はいない。

早川と馬淵はあの場所で待ち合わせをしていたのかもしれない。早川は空き巣のことを警察に言うと、馬淵を脅した。その上で、金を手に入れようとした。しかし、そのことでもめた様子はない。

もめていたら騒ぎ声がホームレス仲間に聞こえたはずだ。

ふたりは周囲に気づかれぬように会っていた。そこで諍《いさか》いはなかった。つまり、早川がいきなり鉄パイプで馬淵を殴ったからだ。ふいを突かれ、馬淵は襲撃から逃れることは出来なかった。

そう考えたほうがすんなり説明がつく。

去年の九月二十六日に馬淵が五十万を入金していたことを思い出した。それ以前に空き巣の被害はなかった。

被害者が空き巣に入られたことに気づいていないのか、被害者に届けられない事情がある金だったのではないかと警察は見ているが、果たしてそうだろうか。

その金が早川から出ていたとしたら……。早川は何らかのネタで馬淵から強請られていた。九月二十六日に五十万を払い、十月十二日の夜八時半ごろ、現場でさらに金を渡すことになっていた。このとき、早川は最初から馬淵を殺すつもりで現場に赴いた。

その前に、岩田に罪をなすりつけることを決めて……。

京介はこの考えに自信を持った。問題は強請のネタだ。たとえば馬淵が空き巣の侵入先で、早川の弱みを握ったということがあったのではないか。

それから強請がはじまった。

京介は笠置警部補に携帯から電話を入れた。

相手が出ると、

「弁護士の鶴見です。ちょっと教えていただきたいのですが」

「なんでしょう」

「去年の七月から九月にかけて、四つ木界隈で未解決の事件が起きていないでしょうか」

「未解決事件？」

「ええ、空き巣以外で。さらに言えば、空き巣の被害者宅のある区域の範囲内でです」

「なぜ、そんなことを？」

「いえ、まだ推測の段階ですので……」

「ありますよ」

「あるのですか」

「去年の九月二十日の午後八時ごろ、四つ木二丁目の会社員大島和人《かずと》の家で、三十代の主婦が侵入してきた賊に襲われ、強姦《ごうかん》され大怪我をしたという事件がありました。被害者の主婦の命に別状はありませんでしたが、全治三カ月の重傷を負いました」

「そのとき、家には被害者だけ？」

「そうです。その夜、残業で旦那の大島和人が帰宅したのは犯人が去ったあとでした。警察に通報したのは旦那です」

「何か手掛かりは？」

「犯人はストッキングを頭からかぶっていたので顔はわかりませんが、精液などから犯人のＤＮＡが検出されています。周辺の変質者などを調べてきましたが、いまだに犯人特定に至っていません」

「そうですか」

「鶴見先生、何をお考えか教えていただけませんか」

「まだ、お話出来る段階ではありません。失礼します」

京介は電話を切った。

それから、洲本に電話をし、夕方に事務所に来てもらうように頼んだ。

京介は昼過ぎに事務所に戻った。

すると、ビルの入口に貝原が立っていて、携帯で電話をかけていた。

「鶴見先生」

貝原は京介に気づき、あわてて携帯を切った。

「すみません。今、事務所にお電話をしようとして」

貝原はいつもここから京介のところに電話をしていたのだ。

「三十分ぐらいなら時間があります」

二時に別の事件の依頼人が来ることになっていた。

「すみません、報告だけ」

貝原は頭を下げた。

事務所に行き、相談室で向かい合う。

「船尾さんの恋人だった瀬尾文子さんの妹さんにお会いしてきました」

貝原は文子の妹から聞いたことを話した。

「文子さんの死は自殺だったのですか」

京介は驚きを隠せずに言う。

「はい。病室のベッドに、胸が苦しいという走り書きのメモが残っていたそうです。船尾さんの衝撃は大きかったのだと思います。火葬場の窓から工場の煙突の煙を睨みつけていたそうです。公害裁判にのめり込んでいった気持ちがわかります」

「お墓参りには一度も行っていないということが気になりますね」

「はい、ただ裁判が終わったあと、文子さんの墓前で泣き崩れていた男がいたそうなんです。ご家族の方は船尾さんとは別人だと思っていたようですが、私は船尾さんだったと思います」

「そうですね」

「私がショックだったのは、文子さんのご家族の方々は、船尾さんが四日市を出て行ったのは支援団体の女性と親しくなったからだと見ていることでした」

「お墓参りを一度もしていないことに、ご家族の方々は不信感を持たれたのかもしれませんね」

京介は眉根を寄せ、

「支援団体の女性と親しくなったとしたら、支援者の間でも噂になると思うのですが？」

と、確かめた。

「はい、それで、『四日市公害訴訟を支持する会』の事務局長だった三橋順治さんに電話をしてきいてみました。そしたら、支援団体の中には若い女性もたくさんいて、船尾さんは人気があったと仰ってました。でも、船尾さんは女性に見向きもしなかったそうです。三橋さんも、船尾さんが支援団体の女性と親しくなったという話に否定的でした。もし、そうなら、ふたりがどんなに隠しても周囲の者は気づくはずだと。それに、裁判のあとに四日市を去って行った女性はいなかったそうです」

「支援団体の女性と親しくなった云々《うんぬん》は、お墓参りに一度も来ない船尾さんに対してのご家族の不満から出た言葉のようですね」

「やはり、出て行ったのは村井殺しのせいでしょうか」

貝原は暗い顔をした。

「この前も言いましたように、船尾さんは人殺しの出来るような人間ではないと思います。前回、一番疑われたのは呉服町通りの商店街で大きな衣料品店をやっていた織元という男だったそうですね」

「そうです、女のことで村井に強請られていたそうです。そうそう、織元さんの担当弁護士の名前がわかりました。渡部威一郎《わたべいいちろう》だそうです」

「渡部威一郎ですね」

「名古屋の弁護士だったそうです」

「わかりました。なんとか渡部さんにお会いしてみます」

「すみません。甘えてばかりで」

貝原は引き上げた。

それからしばらくして、依頼人がやってきて遺産相続の争いについて相談を受けた。

その後も二件の裁判の依頼者と会い、時間が空いたとき、京介は内線で確認してから柏田の執務室に行った。

「先生。ちょっとお訊ねしたいことがあるのですが」

「なんだね」

「四日市公害裁判当時、同市で起きた殺人事件の容疑者の弁護人になったのが、名古屋弁護士会の渡部威一郎弁護士という方だそうです。名古屋弁護士会にお知り合いの先生はいらっしゃいませんか」

「渡部先生には何度か会ったことがある」

「ほんとうですか」

「うむ。名古屋弁護士会の重鎮だ。かつては名古屋弁護士会の会長もやっておられた。八十を過ぎていらっしゃるが、いまだに現役だ」

「ほんとうですか。ぜひ、ご紹介いただけないでしょうか」

「いいだろう。名古屋まで行くか」

「はい」

「よし」

早速柏田は受話器をつかんだ。

相手が出たのだろう、柏田が声をかける。

「柏田です。その節はたいへんお世話になりました」

京介は傍に控えてやりとりに聞き耳を立てた。

「そうですか。では、お伺いさせます。少々お待ちください」

柏田は電話を保留にして、

「明日の午後なら空いているそうだ」

と、京介にきく。

「では、明日の午後、お伺いさせていただきます」

柏田は再び電話に向かって話した。

「ええ、名古屋城の……。わかりました。よろしくお願いいたします」

柏田は電話を切ってから、

「明日の午後一時だそうだ」

「わかりました。先生、ありがとうございました」

京介は礼を言って引き上げかけたが、ふと思い出して振り返った。

「先生、牧野さんのことですが……」

「おや、聞いていないのか」

「えっ、何をですか」

「今、彼女はニューヨークに行っている」

「ニューヨークですか」

「半月の予定だ。そうか、君にはまだ詳しく話していなかったのか」

「はい。いったいどうなっているのでしょうか」

彼女からの連絡を待っていたが、まだ何も言ってこない。京介は自分から連絡をとることを控えていた。

「彼女は自分の口から伝えたいと言っていた。もう少し待ってやったらどうだ」

「わかりました」

柏田の部屋を出て、京介は思わずため息をついた。蘭子が自分からだんだん遠ざかっていくのを実感していた。


それから三十分後、洲本がやってきた。

「すみません、お呼び立てして」

「いえ、とんでもない。それに、私のほうもご報告することがあるのです」

洲本はソファーに腰を下ろして切りだした。

「『守屋旅館』の主人に会ってきました」

「そうですか。では、その件から先にお願いいたします」

京介は洲本を促す。

「わかりました。『守屋旅館』の主人は九十歳だそうですが、頭もはっきりしていてとてもお元気でした。記憶も少しも衰えていないことに驚きました」

洲本は感心したように言い、

「昭和五十七年十月十九日に『曙荘』で発生した火事の件もよく覚えておいででした。岩田貞夫が田中一郎を酔わせて火をつけたという疑いがあって、警察も調べていたようですが、退院した岩田が『守屋旅館』に住むようになったとき、岩田は宿帳に田中と書いたそうなんです」

「田中？」

「『守屋旅館』の主人は警察から、生き残ったのは岩田貞夫だと伝えられていたので、田中は死んだよと言い聞かせたと言います。火事のショックから頭がまだ混乱しているのだと勝手に解釈したそうです」

洲本は前のめりになって、

「どうやら、本人が岩田だと名乗ったわけではなく、周囲が岩田貞夫と決めつけていたようです。火事から一年後、『曙荘』の主人がどうも岩田と田中を取り違えたようだと、ぽつりともらしたそうです。でも、今さらその話を持ち出しても意味がないとそのままにしたと。それで、『守屋旅館』の主人は火事で死んだのが岩田で、『守屋旅館』に住みはじめた男が田中だったのだと思ったそうですが、そのまま岩田で通したと」

「そういうことでしたか」

「火事はやはり死んだ男が酒に酔って電気ストーブを蹴飛ばしたことが原因のようです。

出火の際、誰かの叫ぶ声が聞こえたのは言い合いがあったのではなく、ほんものの岩田がよろけてストーブを蹴飛ばしたので、偽の岩田が危ないと怒鳴ったのではないかと言ってました」

「なるほど」

「田中一郎が岩田貞夫になりすます理由がありませんからね。それによって、偽の岩田の暮らしが変わったのならともかく、その後も偽の岩田は山谷で暮らしていたんですから」

「よくわかりました。ご苦労さまでした。これで、偽の岩田への疑いのひとつが消えました」

「そうそう、『守屋旅館』の主人は、警察にきかれたら今のことをそのまま話すと言ってくれました」

「そうですか」

「鶴見先生のお話をお伺いいたします」

洲本が畏《かしこ》まった。

「馬淵殺しについてです。目撃証言をした早川は何らかのネタで馬淵から強請られていたのではないかと思いました。九月二十六日に五十万を払い、十月十二日の夜八時半ごろ、現場でさらに金を渡すことになっていた。このとき、早川は最初から馬淵を殺すつもりで現場に赴いたのではないか。そう考えたのです。去年の九月二十日午後八時ごろ、四つ木二丁目の会社員の家で、三十代の主婦が侵入してきた賊に襲われ、強姦され大怪我をしたという事件があったそうです。被害者の主婦の命に別状はありませんでしたが、全治三カ月の重傷を負いました」

「この犯人が早川だと？」

「たまたま留守宅を物色していた馬淵が、その家から逃げてきた早川を見ていたのではないか。そこから強請がはじまった可能性があります。そこで、九月二十日の早川のアリバイを調べていただきたいのです。その日は平日ですから会社に行っているはずです。ほんとうに会社に行っていたのか」

「それなら警察に話したほうが早いのではありませんか」

洲本は疑問を口にした。

「それだと、早川は警察に捕まる可能性があります。出来たら、早川を説得して自首させたいのです」

「自首ですか」

「ええ。そうなれば、早川三郎も更生の機会が得られるでしょうし、岩田の疑いも晴らすことが出来ます」

「早川は自分の罪を岩田になすりつけようとした人間です。改悛《かいしゅん》の情など持ち合わせているでしょうか」

「あると信じます」

「そうですか」

洲本はふと不思議そうな顔をして、

「鶴見先生はなぜ、そこまでなさるのですか」

「えっ？」

「ホームレスの岩田のために闘っていらっしゃる。お金なんてもらえないですよね。むしろ、持ち出しではないのですか」

「ええ、貯金を取り崩しています」

京介は苦笑した。

「なぜ、そうまでして岩田のために？」

「あのひとが船尾哲三であることは間違いありません。若き日に公害裁判を支援し、今はホームレスになっている。そういう人生に興味を持ったのです。何より、船尾さんを四日市に帰してあげたいのです。公害を克服し、きれいな空と空気を取り戻した四日市の現在を見せてあげたいのです。そして、貝原さんが言うように、四日市公害を語り継ぐ語り部になってもらいたいのです」

「でも、そのために自腹を切ってまで……」

なおも洲本はきいた。

「私は、岩田さんを通していい経験をさせてもらっているからです。この弁護をすることで、自分も弁護士として人間として成長出来る、そういう機会に恵まれたと思っているのです。僅かな貯金を取り崩して活動資金にしていますが、幸いに私は独身で、守らねばならない家族はいないので」

京介は正直な思いを熱く語った。

2

翌日、京介は新幹線で名古屋に向かった。

今は考えまいとしたが、いつの間にか、蘭子のことで頭がいっぱいになっていた。今、ニューヨークに行っているという。

京介にある想像が生まれている。蘭子には柏田の事務所に来る以前から婚約者がいたのではないか。ニューヨークに行ったのも、婚約者との新しい生活の準備のためか。

京介は首を横に振った。その先は考えたくなかった。

船尾と文子のことを考えた。愛する女性の命を奪った公害に対する憤りが船尾を公害裁判の支援に向かわせたのであろう。

船尾は文子の墓参りをしていない。裁判に勝つまで墓参りを辛抱したと考えることも出来るが、裁判が終わったあともしていないようだ。霊園の管理人が見たという、墓前で泣いていた男が船尾である可能性もあるが、それだったらなぜ、文子の実家に行き、両親や兄弟に対して文子の敵を討ったと報告しなかったのか。

支援団体の女性との新しい恋を選んだという見方が生まれるのもやむを得ないような気がする。

だが、実際はそのような様子はなかったと、「四日市公害訴訟を支持する会」の元事務局長が言っていたのは間違いではないように思える。

はっと気がつくと、車内アナウンスが名古屋に到着することを伝えていた。

名古屋駅から地下鉄を乗り継いで市役所駅で下りる。

市役所や県庁などの並びに渡部威一郎法律事務所が入っているビルが見つかった。それから十分後、京介は六階にある渡部法律事務所の会議室に通された。事務員が出て行ってから、京介は窓辺に寄った。

目の前に名古屋城があった。天守閣の屋根に金の鯱《しやちほこ》が見える。

ノックの音がした。京介はあわてて椅子に座る。事務員が茶を運んできた。ひとつを京介の前に、もうひとつを向かいに置いた。

事務員が出て行き、入れ代わるように小肥りの年配の男性が入ってきた。京介は立ち上がって迎える。

「渡部です」

顔の肌艶もよく、若々しいので、渡部弁護士とは一瞬わからなかった。

「鶴見京介です」

京介は名刺を出して挨拶をする。

「まあ、座りましょう」

渡部も向かいに腰を下ろした。

「柏田くんの話だと、ずいぶん昔の事件のことだそうだね」

渡部は大きな目で睨みつけるようにきいた。

「はい。四日市公害訴訟の裁判当時のことです」

京介は切りだす。

「公害訴訟は名古屋弁護士会の有志が東海労働弁護団というものを作っていて、そこの弁護士が引き受けたのだが、私はそのメンバーではなかった」

「公害訴訟の裁判を支援していたひとの中には被告企業の社員もいたそうですね」

「そうらしいな」

渡部は頷く。

「そういうひとたちに支援をやめさせようとして、会社側は暴力団の人間を雇ったそうですね。その中に村井という男がいたと」

「うむ。だが、私が弁護を引き受けたのは公害訴訟とは無関係の男だ」

「織元さんという、呉服町通りの商店街にあった大きな衣料品店の主人だとお聞きしましたが」

「そうだったな」

「織元さんが女のことで村井に強請られていたというのは、ほんとうなのですか」

「ほんとうだ。だから、村井が四日市港で死体で見つかると、織元さんに疑いがかかった」

「織元さんはすぐ先生に弁護を依頼したのですか」

「伝を頼って依頼がきた」

「警察の任意の取調べを受けたようですが、容疑が晴れて逮捕には至らなかったそうですね」

「そうだ」

「村井殺しでもうひとり疑わしい人物がおりました。船尾哲三というひとです」

「覚えている」

渡部は目を細めた。

「支援団体の中には、村井を殺したのは船尾哲三ではないかという噂があったそうです」

「織元さんの疑いが晴れた理由のひとつに船尾の存在があったことは間違いない。当時のマスコミも船尾に疑いを向けていた」

「織元さんはほんとうに無実だったのでしょうか」

「織元さんにアリバイがあったんだ」

「どのようなアリバイでしょうか」

「村井が殺された夜、織元さんは四日市シネマでバーのママと映画を観ていた。映画館の支配人や他の何人かが織元さんが入場するとき、挨拶している。それから、映画が跳ねて引き上げるとき、やはり支配人が見送っている」

「バーのママというのは、織元さんの愛人とか？」

「いや。行きつけの店のママで、織元さんが関係あった女とは違う」

「強請のネタとなった女性とはどんなひとだったのですか」

「織元さんが教えてくれたが、市会議員の奥さんらしい。もちろん、村井が死んだのでばれずに済んだだが」

渡部は笑った。

「当時の映画は三本立てですか」

「二本だったはずだ。三時間弱だ。途中の休憩時間にも売店の売り子が織元さんを見たのを覚えていた。一本の映画は一時間三十分ぐらいだ。抜け出し、それだけの時間では四日市港まで行き、村井を殺し、海に捨て、映画館に戻ってくるのは無理だ」

「織元さんとはどういうひとだったのですか」

「戦後、名古屋の闇市で大儲《おおもう》けをして、四日市に帰って商売をはじめた遣り手《やりて》だ」

「では、親分肌の？」

「特攻上がりと息巻き、闇市ででかい顔をしていた」

「では、息のかかった子分もいたのでしょうね」

「……。鶴見くんと言ったね」

渡部はテーブルに置いた名刺に目をやった。

「はい」

「君はどうやら織元さんを疑っているようだね」

「すみません。正直に申しますと、織元さんが犯人であって欲しいという気持ちがあって、今のお話から織元さんの犯行を窺《うかが》わせるものがないかを探っていました」

「どうだったのだ？」

「はい。織元さんの犯行を可能にするためにはやはり共犯者が必要です。共犯者がいれば、織元さんを犯人にすることが出来ます」

「説明したまえ」

「はい」

京介は短い時間で考えをまとめていた。

「まず、村井が金を受け取るためとはいえ四日市港で織元さんと会うというのは不自然です。四日市市内のどこか、おそらく織元さんの衣料品店の事務所あたりで会ったのではないでしょうか。まさに映画を観ている時間帯にです。織元さんは金を渡すと言って事務所に村井を呼びつけ、隙を窺って共犯の男といっしょに村井を殺す。そして、織元さんは映画館に戻る。帽子をかぶり、マスクをつけてチケットを買って入れば気づかれないでしょう。その間、共犯の男が車のトランクに村井の死体を乗せ、四日市港に向かった……」

渡部は厳しい顔をしている。

「先ほども申しましたように、なんとか織元さんを村井殺しの犯人に出来ないかと考えたことです。ある意味、妄想でしかありません」

「織元さんは……」

渡部が言いよどんだ。

「なんでしょうか」

京介は促す。

「織元さんはその事件から一年後、四日市港に浮かんだ」

「ほんとうですか」

「ほんとうだ。外傷はなく、海水を呑んでいた。警察は事故と断定した。だが、織元さんがなぜひとりで四日市港に行かねばならなかったのか、そのことはわからないままだった」

「殺されたのですか」

「おそらくな」

「殺ったのは村井の仲間……」

「そうかもしれない」

「先生は村井殺しをどう思ったのですか」

「私は依頼人の織元さんの利益を考えて弁護をした。だから、織元さんの主張をそのまま受け入れて警察に対応した」

　渡部は一拍の間を置き、

「だが、四日市港に織元さんの死体が浮かんだと聞いたとき、瞬時に村井の仲間の復《ふく》讐《しゅう》だと思った」

「では、その時点で先生は、村井殺しは織元さんの仕業だと思っていたのですね」

「依頼を受けた段階で疑わしいと思っていた。だが、依頼人の利益のために弁護士の責務を全うした」

「では、村井殺しは織元さんの犯行と考えてよろしいのでしょうか」

京介は確かめた。

「我々は捜査官ではない、だから、断定は出来ない。だが、織元さんが犯人であろうことは推測できる。犯行手口はほぼ君の推理どおりだろう。今となっては、確かめるすべもないが」

「それだけお聞かせいただければ十分です。ありがとうございました。これでほっとしました」

「なぜ、半世紀近くも前のことを調べているんだね」

「船尾哲三さんの名誉の回復のためです。船尾さんはひと殺しではないことを知らしめたいのです」

「船尾哲三はひと知れず四日市を去ったのだったね。ひょっとして、船尾哲三が見つかったのか」

「はい。ただ、本人は否定しているのです」

「そう。何か深い事情がありそうだな」

渡部はふと苦笑いを浮かべ、

「しかし、昔の仕事の結果を覆されるとは思わなかったよ」

「申し訳ありません」

「いや、君が謝る必要はない。正直言うと、これで私のわだかまりがなくなった。殺人犯を法網から逃す手伝いをしてしまったというより、もし、あのとき織元さんの弁護をしなければ、彼はその後死ぬことはなかったんだ。ただ、織元さんの疑いを晴らしたということで、弁護士としての私の評価は上がって、依頼も増えた。私も若かったから、弁護士の責務とは何かなどと考えることもなかったが、年をとってきてふと自分のやったことが正しかったかどうか悩むようになった」

渡部は真顔で言い、

「君はまだ若い。悔いのない弁護士活動をしたまえ」

「ありがとうございます。そのお言葉、肝に銘じます」

京介は立ち上がって深々と頭を下げた。

その日の夕方、京介は虎ノ門の事務所に戻った。

柏田の執務室に顔を出し、

「ただいま帰りました」

と、挨拶する。

「その顔つきだと、満足する結果だったようだな」

柏田が京介の顔色を読んで言う。

「はい。おかげで、今自分が突き進んでいる道が誤りではないことを確認しました。渡部先生の度量の大きさに胸を打たれました」

「そうか。渡部先生から電話をもらった。君のことをべた褒めしていた。私も鼻が高かったよ」

柏田は笑みを浮かべた。

「ありがとうございます。では、失礼します」

「待ちなさい」

柏田が引き止める。

京介は向き直った。

「今度の件では持ち出しだろう。もし、金が必要なら事務所の……」

「いえ、先生。だいじょうぶです」

「うむ。もし、困ったことがあれば遠慮なく言ってくれ」

「ありがとうございます」

京介は礼を言い、自分の執務室に戻った。

椅子に落ち着いてから、京介は携帯を取りだし、貝原の携帯に電話を入れた。

一回の呼び出しで、貝原が電話に出た。

「弁護士の鶴見です。今、お話ししてだいじょうぶですか」

「もちろんです」

「きょう、村井殺しの疑いがかかった織元の弁護をした、名古屋弁護士会の渡部弁護士にお会いしてきました」

「えっ、名古屋へ？」

「ええ。詳しい話はあとでということで、村井殺しは織元の仕業だったという公算が強くなりました。渡部先生も織元の犯行だと推測できると言っていました」

「ほんとうですか」

「織元は一年後、四日市港で死体となって発見されたそうです」

「死体？」

「村井の仲間に殺されたと、渡部先生は見ています」

「仲間の報復ですか」

「そうでしょう。今さら、織元の犯行を証明することは出来ませんが、船尾さんは村井殺しとは無関係です」

「先生、よく調べてくださいました。ありがとうございます」

貝原が礼を言う。

「それから、船尾さんが岩田を名乗った経緯ですが、火事のあとに船尾さんが暮らすようになった『守屋旅館』の主人は、周囲が名前を取り違えたと話したそうです。火事の原因もほんものの岩田さんが電気ストーブを酔って蹴飛ばしたためだということのようです」

「じゃあ、船尾さんは岩田貞夫を殺しては……」

「いません」

「そうですか。安心しました」

「今回の馬淵殺しも、もうすぐ無関係であることが明らかになるはずです」

「よかった」

貝原は胸の底から突き上げてくるような声で言った。

「あとは、船尾さんが四日市から姿を消した理由です。このことがわからない限り、船尾さんは自分を船尾哲三とは認めないでしょう。船尾さんを四日市に呼び戻すためには、その理由を見つけるしかありません」

それは京介が自分自身に言い聞かせる言葉だった。

「どうやって調べたらいいか、思案に余るのですが」

貝原は泣きごとのように言う。

「文子さんは、走り書きのメモを残していたそうですね」

京介は思いついて言う。

「ええ」

「自殺なら恋人の船尾さんに何か書き残さなかったのでしょうか。そのメモに、船尾さんに当てた遺言がなかったのでしょうか」

京介は疑問を呈した。

「わかりました。妹さんに確かめてみます」

「お願いします。あと少しです」

京介は励まして電話を切った。

なぜ、船尾さんは四日市から姿を消したのか。夕闇の中、墓前で泣き崩れる男の姿が影絵のように浮かんでいた。

3

翌日の昼前、相沢の運転する車は国道二十三号を通って、やがて塩浜にある霊園に着いた。門前の駐車場に車を停めた。

貝原は今朝東京を発《た》ち、近鉄四日市駅の改札で相沢と待ち合わせてここまでやってきたのだ。

霊園の入口で、白髪の品のよい婦人が待っていた。瀬尾文子の妹の友子だ。

「お待たせしました。また、渋滞に巻き込まれて」

相沢が恐縮して謝る。

「とんでもない。わざわざ、姉のために」

友子は丁寧に頭を下げた。

「さあ、こちらです」

友子は墓地を縫って案内する。

「いい天気ですね」

貝原は青空を見上げた。

「昔からこの空だったら、姉も……」

友子は声を詰まらせた。

広い霊園の中で、ようやく瀬尾家の墓の前にやってきた。

友子が持ってきた花を手向ける。それから、線香に火を点け、貝原と相沢に分け与えた。

相沢に続いて貝原が線香を上げ、合掌した。

「どうか、船尾さんが四日市に戻ることが出来るように見守ってください」

心の内で、貝原は願った。

最後に、友子が線香を上げる。

長い間、友子は手を合わせていた。

公害がなければ、塩浜中学校の教諭だった船尾は文子と結婚し、教諭人生をまっとうしたことだろう。

四日市に工業化の波が押し寄せたのは大正の終わりころだ。そして、日本初の本格的な石油化学コンビナートが建設されることになった。

コンビナートとは、ロシア語で「結合」という意味だ。石油を原料として製品を作る幾つもの工場が、効率よく仕事をするためにひとつの場所に集まり、パイプで結ばれて出来た工場地帯をコンビナートという。

この地区に大きな工場が出来ることを、貝原の祖父も最初は非常に喜んだという。これで四日市も大都会になると。

急激な工業化で、経済は飛躍的に発展していったが、そこに公害という魔物が潜んでいることには誰も気づかなかったのだ。

文子もその犠牲者であり、恋人を失った船尾もまた公害の犠牲者だ。公害裁判に勝ち、その後は企業も公害対策に乗り出し、きれいな空気と青空が戻った。

だが、まだ公害病に苦しんでいるひとたちがいる。

友子がようやく墓前から離れた。

「船尾さんが四日市を出て行った理由として、支援団体の女性との関係を仰っていましたね」

貝原は声をかけた。

「ええ。父と兄はそう考えていました」

「支援団体のひとにききましたが、船尾さんにそういう噂はまったくなかったそうです」

「なかった？」

「はい。そういうことがあれば、誰かが気づくはずだと。船尾さんは裁判のことしか頭になかったのですから、そういう浮いた話はなかったというのはほんとうだと思います」

「では、なぜ、あのひとは姉のお墓参りにも来てくれなかったのでしょうか」

「裁判が終わったあと、このお墓の前で泣き崩れていた男性こそ船尾さんだったのではありませんか」

「………」

友子は墓に目をやった。

「そのときの船尾さんの気持ちは想像も出来ません。ただ、墓の前で泣いていたというのは永遠の別れを告げていたように思えるのです。船尾さんは四日市を去るにあたり、文子さんだけには報告していたんです」

「なぜ、私たちの前には顔を出さなかったのでしょうか」

友子は非難するように言った。

「そうですね……」

貝原は少し迷ったが、思い切って口にした。

「じつは船尾さんにお会いしました」

「えっ？」

友子は目を見開き、

「船尾さんに会ったというのですか」

と、声を詰まらせてきいた。

「はい」

「驚きました。ほんとうに船尾さんなんですか」

「間違いありません。今、ホームレスになっています」

「ホームレスですって」

「はい。四日市を出てから放浪の果てに東京の山谷という場所の簡易宿泊所に住み、やがてホームレスに流れていったようです」

「あのダンディだった船尾さんがホームレス……」

友子は茫然と呟く。

「でも、否定しています。自分が船尾さんであることを認めようとしません。そのわけこそ、ここで泣き崩れていた姿にあるのではないかと思えてなりません」

「…………」

「何か思い当たりませんか」

「いえ」

友子は首を横に振った。

「文子さんが自死なさったとき、ベッドに走り書きのメモが残っていたそうですね」

「はい」

「それが文子さんの遺書でしょうか」

「そうですね」

「船尾さん宛の遺書はなかったのですか」

「ありません」

「どうして船尾さんには書かなかったのでしょうか。恋人の船尾さんに何か伝えたいことはなかったのでしょうか」

「姉の気持ちはわかりません」

その突き放すような言い方は、今までの友子らしくなかった。

「何か、文子さんとの会話の中で、船尾さんの失踪に繋がるようなものがなかったでしょうか」

「思い出せません」

友子ははっきり言ってから、

「それでは私はこれで」

と、いきなり別れを口にした。

「家まで、お送りいたします」

相沢が声をかけた。

「いえ、孫と車で来ていますので。失礼します」

友子はさっさと門のほうに歩いて行った。

「どうしたんだ？」

相沢が友子の後ろ姿を見つめながら言う。

「遺書のことを持ち出したためだ」

貝原は憤然として言う。

「なぜ、遺書のことで……」

「ひょっとして船尾さん宛の遺書があったのではないだろうか」

「しかし、そうだとしても、その遺書の存在を隠す理由がわからない」

相沢は疑問を呈し、

「何が書いてあろうが問題ないような気がするが……」

「たとえば、文子さんに不名誉なことが書いてあったか」

貝原は考えながら言う。

「死んでいく人間にとっての不名誉とはなんだ？」

「それは……」

貝原は答えられない。

「しかし、遺書があろうがなかろうが、船尾さんの行動には関係ない気がするが」

相沢が厳しい表情で言い、

「うむ。いずれにしても、日を置いて友子さんにきいてみよう。もしかしたら、別の理由で我々のことが気にいらなかったのかもしれない」

と、続けた。

「ともかく引き上げよう」

「わかった」

二人は車に乗り込んで、四日市に戻った。

昼食をとり、午後一時半に、『四日市公害と環境未来館』に入った。「四日市公害訴訟を支持する会」の事務局長だった三橋順治と約束をとりつけてあった。

ロビーに行くと、三橋が待っていた。

「お呼び立てして申し訳ございません」

相沢が恐縮したように言う。

「いや。散歩がてらで、いい運動になります」

三橋は鷹揚《おうよう》に笑った。

前回と同様、二階の休憩室の椅子に座って、

「じつは前回、正直にお話をしなかったことがありまして、そのことのお詫びがてらお願いがあるのです」

貝原が切りだした。

「前回、船尾哲三さんのことを今になって持ち出した理由を、私たちが還暦間近で、昔を懐かしんでいて、ヒーロー的な存在だった船尾さんの話になったと申し上げました」

「そう、確かにそう仰っていましたね」

三橋は微笑んで、

「ほんとうは船尾哲三に会ったのですね」

「お気づきでしたか」

「昔を懐かしんだぐらいでわざわざ私に会いにくるだろうかとは思っていた。今の話を聞いて、船尾くんが見つかったのだと確信したというわけです」

「すみません」

「それより、船尾くんは元気なのですか」

「はい」

「どこで何をしていた？」

「東京でホームレスになっていました」

「ホームレスだって」

三橋は目をぱちくりさせた。

「はい。自分が船尾哲三であることを認めようとしません」

「四日市を出て行った時点で、過去を捨てたというわけですか」

「はい。なぜ、出て行ったのか。先日、燃え尽き症候群だったからというのは船尾さんをかばってのことで、ほんとうは村井殺しの追及から逃がすためだったと……」

「ええ」

「じつは村井殺しの犯人は織元という男らしいということがわかりました。その事件を担当した渡部弁護士という方がそう話してくれたそうです。織元はその後、四日市港で死体となって見つかったそうです」

「四日市港で……」

三橋はため息をついた。

「渡部弁護士は村井の仲間の仕返しだと話していたそうです」

「よく弁護士が話してくれましたね」

「話をきいたのは私ではないのです」

と、貝原は鶴見弁護士の話をした。

「鶴見弁護士ですか」

「はい。まだ三十代前半の先生ですが、いろいろ教えていただいています」

「そうですか。ところで、お願いがあると仰いましたね。ひょっとして、船尾くんのことでは？」

「はい。私は船尾さんに四日市に戻ってきてもらいたいのです。そして、四日市公害を語り継ぐ語り部になってもらい、若いひとたちに自分の体験談を話してもらいたいと思っているのです」

「なるほど。それはいい。裁判を間近で見た人間が語るのはとても有意義です」

三橋は声を弾ませた。

「三橋さん。どうか、船尾さんを語り部として使っていただけるよう、市のほうにも働きかけをしていただけないでしょうか」

「喜んでお手伝いしますよ」

「ほんとうですか」

「でも、自分が船尾哲三であることを認めようとしないと言ってましたね」

三橋は心配そうにきいた。

「でも、必ず説得してみせます。そして、船尾さんを四日市に連れ戻します」

貝原は悲壮な決意で言った。

「わかりました。あなたを信じて、私は関係者に話を通し、迎える準備をしておきます」

「ありがとうございます」

貝原と相沢は同時に立ち上がり、深々と頭を下げた。

近鉄四日市駅の改札まで見送った相沢は、

「いつもとんぼ返りだな」

と、苦笑した。

「船尾さんといっしょに帰ってきたら、家に泊めてもらうよ」

「そういえば、船尾さんの住まいも見つけないといけないな」

相沢は言ったあとで、急に表情を曇らせた。

「船尾さんは説得に応じるだろうか。四十五年間、船尾さんは社会に背を向けて暮らしてきたんだ。それより、四日市を離れた理由がわからないと、船尾さんを説得出来ないんじゃないか」

「なんとしてでも説得する」

貝原は気負って言い、

「友子さんにまた会えるように頼んでくれないか。どうも、彼女が何か知っているような気がしてならないんだ」

「そのことは任しておけ」

相沢は請け合った。

「じゃあ、また」

時間が来て、貝原は改札を入った。

鶴見弁護士と相談し、船尾と直《じか》に対決してみようと、貝原は思った。

4

京介は京成四ツ木駅の改札から吐き出される乗客の中に早川を見つけた。

早川は京介に気づいて、はっとしたように立ちどまった。

「早川さん、家にお伺いするより、外のほうがいいと思い、ここでお待ちしていました」

ふたりの横をひとが流れて行く。

「少し、お話がしたいのですが」

「私には話すことなどありませんよ。失礼」

早川は脇をすり抜けようとした。

「お待ちください。去年の九月二十日の夜に起きた強姦事件のことです」

早川の足が止まった。

「あんた、何を言っているんだ」

振り返った早川の表情が強張《こわば》っている。

「二十日の夜八時ごろ、四つ木二丁目の会社員大島和人さんの家で、三十代の奥さんが強姦され大怪我をしたのです。ご存じですね」

「知らない」

「ここは人通りがあります。土手に行きませんか」

「行く必要はない」

早川は足早に去って行く。京介は追いかけた。あたりはもうすっかり暗くなっていた。

「早川さん。九月二十日、あなたは会社を定時に出ていますね。調べさせていただきました。その後、あなたはどこで何をしていたのですか」

京介は横に並んで言う。

「家に帰っていましたよ」

「そのあと、お出かけにならなかったのですか」

「出かけない」

「警察は犯人のＤＮＡを採取してあります。このまま逃げると……」

「へんなことを言うな。逃げてなんかいない」

「では、河川敷に行きませんか。あそこならひとに聞かれる心配はありませんから」

京介の誘いに、早川は渋々従った。

ふたりは土手を下り、河川敷に出た。川っぷちの暗がりにブルーシートの家が並んでいるのがわかる。

「早川さん。あなたはいったん家に帰ったあと、また出かけた。大島和人さんの家に行ったのではありませんか」

「行っていない」

「大島さんの奥さんを知っていますね」

「知らない」

「昼間の犬の散歩のとき、よく会ったのではありませんか。あなたの犬をかわいがっていたそうですね。奥さんはそう言っていたそうです」

洲本が大島和人の妻に会い、早川との関係をきいてきていた。

「どうなんですか」

「………」

「あなたは犬を散歩させていて、ときたま出会う大島和人さんの奥さんに惹《ひ》かれていた。あの夜、いったん帰ったあなたは奥さんの姿を一目見ようとまた家を出た。大島さんのご主人はまだ会社から帰っていなかった。それで、あなたは……」

「出鱈目《でたらめ》だ」

「犯行後、引き上げるとき、馬淵将也に会ったのではありませんか。馬淵将也は空き巣の侵入先を物色中にあなたを見たんです。それからあなたは馬淵に強請られた……」

「嘘だ」

「馬淵の銀行口座に五十万が振り込まれていました。その日か前日にあなたの銀行口座から五十万が引き出されているかどうか、警察なら調べることが出来るでしょう。仮に、五十万が引き出されていたとしても、その五十万が馬淵の口座に入ったものかどうかわかりません。でも、状況的には同一と考えられるのではないでしょうか」

「………」

「一度、五十万を強請られたあと、さらに金を要求された。そこで、あなたはホームレスの岩田さんが馬淵の召し使いのような扱いを受けていることを利用して馬淵を殺そうとした。馬淵の死体が発見された場所が金の取引場所だったのですね。岩田さんのブルーシートの家の裏手にあった鉄パイプを持ってそこに行った」

「どこに証拠があるんだ？」

「警察がその気になって調べれば証拠はすぐ見つかりますよ。まず、強姦事件はDNA鑑定でわかります」

早川は体を小刻みに震わせている。

「だいじょうぶですか」

京介が声をかける。

「早川さん。もう逃げられません。こうなったら自首していただけませんか」

「自首？」

早川は目を見開く。

「いずれ警察はあなたに目をつけます。それからでは、ますます不利になります。今、自首すれば情状酌量も考慮されるでしょう。馬淵は、少年の頃から盗み癖があり、親も見放すような不良だったようです。真面目に働く気がなかった人ですが、殺されていいはずはありません。自分の罪を償って下さい。罪を償えば、まだ人生をやり直せます。どうか、自首してください」

早川はその場にくずおれた。

早川は長い間、地べたにうずくまっていた。

「俺は……」

早川が泣き声で続ける。

「家内とうまくいっていなかった。家庭内別居も同然だった。あの夜も会社から帰宅したとき、家内は出かけていた。たぶん、男と会っている。そう思ったら、急にあの奥さんの顔が見たくなって」

「なぜ、ストッキングを持っていったのですか」

「一度、あの家に行き、外から奥さんの顔を見て、それから帰宅したんです。でも、どうしても、奥さんの顔が脳裏からはなれなくて……。それに、今奥さんはひとりでいる。そう思うとどうしようもなくなって」

「襲うつもりで、ストッキングを持って出かけた？」

「旦那が帰ってきていることを願っていたんです。そしたら諦めがつく。でも、まだ、ひとりでした。だから、ストッキングをかぶって顔を隠して二階の窓から忍び込んで、居間でくつろいでいるところを襲いかかった。ところが、思ったより激しく抵抗されたので夢中で顔を殴り、頭を床に押し付け……」

　早川は声を震わせた。

「そんなことをして、その後どうなるかを考えなかったのですか」

「そのことばかりが頭を占めて……。あとはどうなってもいいという思いがあったのかもしれない」

「前から計画していたのですか」

「…………。ほんとうに実行しようとは思っていなかった。でも、頭の中では描いていた。その妄想が大きくなっていたことはほんとうです」

早川は泣き声になって、

「奥さんには申し訳ないことをしたと悔いています。とうてい許されることではありませんが……」

早川の言葉づかいが急に丁寧になった。

「馬淵とは？」

「外に出てストッキングを外したとき、目の前に馬淵がいたんです。奴《やつ》はずっと見ていたと言い、黙っていて欲しければ百万出せと」

早川は顔をしかめ、

「警察に捕まるのはもちろんですが、あの奥さんに知られてしまうのを避けたかった。それで、奴の要求を呑むしかなかったんです」

「最初は殺すつもりはなかったのですか」

「最初五十万を渡したとき、あいつは長い付き合いになりそうですねと言いやがった。一生、俺を強請り続けるのだとわかったとき、殺すしかないと」

「それで、次に金を渡すとき、殺してしまおうと」

「そうです。あとは先生の仰るとおりです」

早川は告白を終えて、

「ほんとうは毎日びくびくして暮らしていました。そういう毎日に耐えきれなくなっていたところです。ちょうど、よかったのかもしれません」

早川はほっとしたように言い、

「これから警察に行きます」

「これから？ 今夜は帰宅し、奥様にも事情を説明し、明日の朝、出頭なさったらいかがですか」

京介は温情を示した。

「いえ。家内とはもう他人ですから。別れを惜しむとしたら、犬だけです。犬は家内が面倒をみるでしょうから」

早川ははかなく笑った。

「やり残したことは？」

「ありません。馬淵の冥福を祈り、大島さんの奥さんに謝罪したいだけです」

「そうですか」

「もし、明日出頭すると言って、私がそのまま逃げてしまったらどうなさるおつもりでしたか」

「逃げても、捕まるのは時間の問題でしょうが、あなたは決して逃げたりしないと思いました」

「信用なさるのですか」

「ええ」

「私は法廷で嘘の証言をした男ですよ。また、裏切られるかもしれないと、思わなかったのですか」

「今、あなたは心から打ち明けてくれました。どこにも疑いをはさむ余地はありません」

「信用していただけるなんて光栄です。では、これから行きます」

早川は深呼吸をした。

「奥様には私からお話をしておきます」

「どうせ、私を罵る言葉が返ってくるだけですよ」

葛飾中央警察署の玄関を入っていく早川を見送って、京介は早川の家に行った。

インターホンを押すと、犬の鳴き声が聞こえた。

「弁護士の鶴見と申します。ご主人のことでお話がございます」

「お待ちください」

玄関が開いた。

三十代半ばと思える女性が顔を出した。

玄関の三和土《たたき》に立ち、京介は名刺を渡して挨拶をしたあとで、

「じつはご主人はある事件に関わっていたことで、先ほど警察署に自首しました」

「そうですか」

暗い表情ながら、彼女は驚くようなことはなかった。

「何かご存じでしたか」

「ええ。半年前ぐらいから様子がおかしいことに気づいていました。ワイシャツに血が付いていたこともあってひょっとしたらと思っていました」

「ご主人を問い質しはしなかったのですか」

「ええ。あまり会話らしい会話はなかったので」

「そうですか」

京介は深く立ち入ることを避け、

「着替えなどを届けて差し上げたらと思うのですが」

と、声をかけた。

「わかりました」

拒絶されるかと思ったが、彼女は素直に頷いた。

「それから、ご主人の会社にもご連絡をしていただけますか」

「わかりました」

彼女は暗い表情のまま頷いた。

翌日、笠置警部補から早川三郎が自首してきたという連絡が入った。

ＤＮＡ鑑定はこれからだが、早川の犯行だとしてすべての矛盾はないということだった。地検にも報告したと、笠置は言っていた。

午後、京介はホームレスの自立支援センターに、船尾を訪ねた。

船尾の部屋で、京介は差し向かいになった。

「馬淵将也殺しで、早川三郎が自首しました。あなたは控訴されましたが、検察は取り下げることになるでしょう」

「………」

「船尾さん」

京介はあえてその名で呼んだ。

「私はそんな名前ではありません」

「田中一郎ですか」

「………」

「貝原さんとその友人の相沢さんのおふたりは、船尾さんに四日市に戻ってもらいたくて、いろいろ動いておられますよ」

「なんのことやら」

船尾は顔をそむける。

「先日、瀬尾文子さんのお墓に行ってきたそうです」

船尾の体がぴくりと反応した。

「瀬尾文子さん、覚えていらっしゃいますね」

「知らない。そんなひとは知らない」

船尾は青ざめた顔で言う。

「瀬尾文子さんは喘息を苦に自死なさったそうですね」

「やめてくれ」

船尾はわななないて叫んだ。

「どうしました？　知らないひとの話ではないのですか」

「他人の不幸でもききたくない」

「そんなあなたが、どうして一時でも馬淵殺しを認めたのですか。自殺より殺人のほうがあなたにとって気が楽なのですか」

「………」

「船尾さん、教えてください。あなたはなぜ公害裁判が終わったあと、四日市から姿を消したのですか」

「そんな他人のことは知らない」

船尾はいきなり立ち上がった。

「船尾さん。逃げてはいけません。逃げたままでいいのですか。あなたの人生の中で、文子さんとの仕合わせだった思い出までも消し去って」

船尾は立ちすくんでいる。

「さあ。お座りください」

京介は声をかける。

「逃げないで私の話を聞いてください」

船尾は俯いていた。

「さあ」

京介は呼びかけ、気長に待った。

長い時間が経過したように思えたが、実際はそうではなかった。それでも一分近い沈黙の末に船尾はやっと顔を戻し、再び腰を下ろした。

「先生、私は過去を捨てた人間です。今さら、過去を振り返っても何にもなりません」

「船尾哲三さんであることをお認めになるのですね」

「私が船尾であろうがなかろうが、何にも変わりはありません」

「四日市での生活は船尾さんにとって生きてきた証ではありませんか。そこで文子さんと出会い、やがてあなたの人生を懸けた公害裁判へと突き進んでいったのではありませんか」

「………」

「あなたは船尾さんであることを頑強に否定している。それはとりもなおさず、四日市でのことを忘れていない証ではありませんか」

船尾ははっとしたように顔を上げた。

「船尾さん。あなたは過去を捨てたと仰っている。ですが、それは違います。今もなお、捨てられずにいるのです。いえ、忘れられないのです」

再び、船尾は顔を俯けた。

「船尾さん、自分を偽るのはもうやめましょう。辛い過去でも正面から向き合うのです。そうでないと、あなたはきっと人生の最期で後悔します。今なら、まだ取り返せます」

京介は熱く説いた。

「逃げないで闘いましょう」

「………」

「四日市公害裁判の前、あなたは原告になるひとたちの、大企業を相手に裁判をしたって勝てやしないという声に対して、絶対に勝てると訴えた。そして、そのとおり、裁判に勝ったのです」

　京介はぐいと船尾に迫り、

「そのときの闘志を思い出して過去に立ち向かってください。どんな辛い過去であっても強い心で向かっていくのです」

「無理です」

「どうして、そう決めつけるのですか」

「もう私は七十七です。この歳で何が出来ると言うのですか」

「出来ます」

「出来る？」

「船尾さん」

　京介はことあるごとに、船尾と呼びかける。

「あなたは今の四日市をご存じですか」

「………」

「あなたの知っている四日市は、石油化学コンビナートの煙突からもくもくと吐き出されるばい煙で汚染された空の下に広がる町ではありませんか」

　船尾が顔を上げた。

「船尾さんが先導して裁判を起こし、原告の勝利で終わった四日市公害裁判。その裁判のおかげで国の環境政策が促進されていくことになり、各企業も公害対策に乗り出し、排煙脱硫技術が開発され、今はその能力が飛躍的に向上して……」

船尾の目が微かに輝いてきたようだった。

「公害は劇的になくなっても、まだ公害病患者はいるのです。公害問題は完全に解決したわけではありません。この公害問題を後世に語り継ぐことが、公害を体験したひとの務めとして、皆さん、頑張っているそうです。船尾さん」

京介は船尾の生気が蘇ってきたような目を見つめ、

「四日市公害を語り継ぐ語り部として、自分はもっともふさわしい人間だとは思いませんか」

「いえ」

船尾はまたも苦しげな表情になって首を横に振った。

「偽りなんです」

「偽り？　どういうことですか」

「私が公害裁判に立ち向かった理由です」

京介ははっとした。船尾は自分が船尾だと認めたのだ。だが、京介はそのことに触れずに、話を引き取った。

「あなたが公害裁判に立ち向かった動機は恋人の敵討ちだったようですね。たとえ、きっかけがそうであっても、公害裁判に真正面から立ち向かったことに違いはありません」

「そうじゃないんです……」

またも船尾は苦しげに言う。

「船尾さん、教えていただけませんか。そうじゃないという理由を」

「それは……」

「逃げてはいけません。辛い過去と闘ってください」

京介は弱気になった船尾を叱咤した。

船尾は俯いたままじっとしていた。ただ、膝に置いた握り拳が微かに震えている。何かと闘っているのだと思い、京介は船尾を見守るように待った。

今度は長い時間を要した。何度か顔を上げかけたが、すぐ下ろした。やっと決心をつけて上げた顔は涙に濡《ぬ》れていた。

京介ははっとしたが、船尾の口が開くのを黙って待った。

「敵討ちではなかった……」

船尾はぽつりと言った。問い返したい気持ちを抑え、次の言葉を待った。

「文子さんの死を忘れるために何かに没頭したかった。それがたまたま公害裁判だっただけなんです」

「結果的に敵討ちになったというわけですか」

「周囲にはそのように映ったかもしれません。でも、私は彼女の死から逃げるために裁判を利用しただけなんです」

「彼女の死がそれだけショックだったわけですね」

「彼女の自殺は……」

船尾は言いさした。

「自殺は、なんですか」

「彼女は喘息の苦しさから自殺を選んだのではありません」

「どういうことですか」

「私が……。私が彼女を自殺に追い込んだのです」

「………」

京介は耳を疑い、船尾の顔をじっと見つめた。苦しげに喉に手をやり、船尾は口を開いた。

「文子さんがはじめて私のアパートに泊まった夜、夜中に彼女は喘息の発作を起こしたのです。凄《すご》いうめき声をあげていました。夢中で背中をさすりながら、苦しそうな姿に私は唖然としました。このまま死んでしまうのではないかと思いました。二度目に泊まった夜も発作を起こし、病院に連れて行きました。三度目に泊まったときもまた発作を起こしたのです。昼間はなんともないのに、夜中になると発作を起こすのです。私は不謹慎にも、結婚したら毎晩こんな思いをしなくてはならないのかと愕然《がくぜん》としました。それからしばらく経った日曜日、町中まで映画を観に行った帰り、食事をしているとき、彼女は深刻な顔で、喘息持ちの女と結婚したら苦労するわ、考え直したら、と口にしたのです。私はつい結婚は無理かもしれないと言ってしまいました。そのとき、彼女の顔色が変わったのをはっきり覚えています。それから三日後でした。私が町中で開かれた研修に参加するために研修所に泊まった夜、彼女は死んだのです。翌朝、電話をもらって……発作を起こして前夜から入院していた病院の屋上から飛び下りたということでした」

船尾は嗚咽《おえつ》をもらした。

「喘息の発作が苦しくて死んだのではありません。私の言葉にショックを受けたのです。自殺の原因は私だったのです。このことは誰にも言えませんでした。私はこの罪の意識から逃れるために公害裁判に専心したのです。だから、敵討ちなんかではありませんでした」

「では、裁判が終わったあと、四日市を離れたのは？」

「裁判が終わって、目的がなくなった瞬間、彼女を自殺に追いやった罪の意識が襲いかかったのです。私の心は壊れそうになっていました」

「文子さんの墓で泣いている男のひとがいたそうですが、あなただったのですね」

「そうです。墓参りをしたあと、塩浜を発ちました」

「そこからまっすぐ山谷に？」

「次の日、名古屋から特急で福井に。当てもなく東尋坊《とうじんぼう》をうろついていて、そこで出会ったひとの紹介で芦原《あわら》温泉の旅館に住み込みで働き、その後、温泉場を転々として、山谷に辿りついたのです」

「そこで、岩田貞夫さんに会ったのですね」

「そうです。なんだか似たもの同士で、気が合い、よく酒を呑みながら話しました。私は田中一郎と名乗ってました。岩田さんは酒が強かったんです。火事になったときは、私がトイレに行って戻ってきたとき、岩田さんがよろけて倒れ、電気ストーブを蹴飛ばしたのです。カーテンに火がついて。私は岩田と叫んで助けようとしたのですが、火の手が速く……」

「なぜ、岩田さんの名を名乗るようになったのですか」

「死んだのが田中一郎で、助かった私が岩田だと皆が勘違いしたのです」

「その後、ホームレスになってもずっと岩田で通したのですね」

「名前など重要ではありませんでしたから何でもよかったんです」

「今までそういう生き方をしてきて、もう文子さんのことを忘れましたか」

「いいえ、忘れることは出来ません」

「では、ずっと文子さんを死に追いやった自責の念に苦しんできたのですね」

「そうです。五十年以上経っても、きのうのことのように私を苦しめます」

「このままでいいのですか」

京介は問い掛ける。

「いいもなにも、今さらどうすることも出来ません」

「なぜ、罪滅ぼしをしようとしないのですか。自責の念に駆られているのなら、なぜ文子さんの墓前に詫びないのですか」

「…………」

「今からでも遅くありません。四日市に帰ってみませんか。そして、文子さんの墓前でもう一度詫び、改めて四日市のために力を貸してくれませんか」

「四日市のために？」

「四日市公害を後世に語り継いでいくことこそ、あなたに課せられた役目とは思えませんか。あなたは、文子さんを自殺に追いやったのは自分だと思っているようですが、公害がなければ文子さんが喘息にかかることもなかったのです。文子さんの命を奪ったのはあなたではない。公害です」

京介は言い切った。

「船尾さん、一度四日市にお帰りになったらいかがですか。そこで、自分の人生の区切りをつけ、また新たな出発を」

「四日市……」

船尾は茫然と呟いたが、ふいにすがるような目になって、

「先生、ごいっしょしていただけませんか。先生がついていてくれたら行けるかもしれません」

と、哀願した。

「わかりました。ごいっしょしましょう」

京介は船尾の再生のために最後まで付き合おうと思った。

5

数日後、京介と船尾は新幹線に乗り込んだ。自立支援センターが用意してくれた背広を着た船尾は立派な老紳士だ。

「なんだか恐いですよ」

新幹線が動きだして、船尾はか細い声で言った。

「自分の原点に戻るのです。恐いことはありませんよ」

京介は励ます。

検察側はまだ控訴を取り下げていないが、笠置警部補の話では、ＤＮＡ鑑定からも早川三郎の犯行という結果が出たという。

意外だったのは早川の妻が差し入れや着替えを頻繁に持っていっているということだった。夫婦仲が悪かったということだったので、妻の様子は意外だった。

そして、きのうは事務所にやってきて、夫の弁護人になってくれと言った。

あのひとをあのような犯行に走らせたのは自分かもしれないと彼女は言った。夫婦仲が悪くなったのは彼女に親しい男性が出来てからだという。その男性と別れ、早川が罪を償って社会復帰するのを待つと言った。

京介が早川の弁護を断る理由などどこにもなかった。

船尾はずっと口を閉ざしていたが、富士を見たときに軽く叫び声を上げた。車窓から遠ざかって行く富士を振り返っていつまでも見ていた。

名古屋に着いて近鉄に乗り換える。四日市までの船尾は窓の外の風景を飽かず見つめていた。記憶に触れる光景があったのか、ときたま軽い声が漏れていた。

近鉄四日市駅に着いた。船尾の足どりは重かった。何度も深呼吸をしていた。

改札を出たところで、先乗りしていた貝原が同い年ぐらいの男性といっしょに待っていた。相沢という友人であろう。

京介に会釈をして、貝原は船尾の前に立った。

「船尾さん、よくいらっしゃってくれました」

貝原が感に堪えたように声をかけた。

「いつぞやはすまなかった」

船尾は詫びた。

「いえ。こっちは私の友人の相沢です」

「相沢です」

相沢も挨拶を交わす。

「さあ、行きましょうか」

貝原が促す。

駐車場から車に乗り込む。助手席に貝原が乗り、京介と船尾は後部座席に座った。

相沢が車を発進させ、中央通りに入った。

四十五年前、近鉄四日市駅から名古屋に向かった船尾は、当時の風景と比べているかのように熱心に窓の外を見ていた。

車は国道一号から県道六号線に入った。船尾のために、コンビナートの近くを通っているのだ。

船尾は外の風景に目を奪われているようだった。京介も工業地帯に目を向けている。

貝原も相沢も特に船尾に声をかけずにいた。船尾の感慨の邪魔をしない配慮だろう。貝原も言葉を失ったように工場を眺めている。

製油所のプラント群、タンク、複雑な配管、美しい煙突などが車窓を流れて行く。かつてはこれらの工場は重油を燃やし、高い煙突から亜硫酸ガスを含んだ煙を大気中に放出していた。

公害を克服して現在があるが、伊勢湾の海岸線を潰して一大コンビナートを造ったのだ。失った自然は取り戻せない。

やがて、車は県道六号線を離れ、再び国道二十三号を経て塩浜の霊園にやってきた。

霊園に記憶があるのか、船尾の表情が強張ってきた。

駐車場に車を停め、外に出る。

「いかがでしたか、現在の四日市は？」

貝原が船尾にきく。

「空が青く、空気はきれいだ」

船尾はぽつりと言った。

「かつて大気汚染で苦しんだなんて嘘のようです」

京介は空を見上げて言った。

「今は四日市のコンビナートは工場夜景の撮影スポットとして有名なんです」

相沢が少し誇らしげに言い、

「さあ、入りましょう」

と、促した。

墓地を縫い、瀬尾家の墓の前に着いた。

相沢が用意した花を船尾に渡し、船尾が手向けた。貝原が線香に火を点け、船尾に渡す。船尾は線香を上げ、墓の前で跪《ひざまず》いた。

京介たちは少し離れた場所に移動して見守った。船尾は泣いているようだった。自分が文子を自殺に追い込んだことをずっと苦にしてきたのだ。

「友子さんには声をかけたのですか」

京介はきいた。

「ええ。声をかけました」

貝原は入口のほうに目をやって答える。

「来るだろうか」

相沢が不安そうに言う。

「来るはずだ」

貝原が答えた。

船尾はまだ墓前に額《ぬか》ずいている。

「船尾さんの別れ話にショックを受けて文子さんが自ら死んだなんて思ってもいません
でした」

貝原がやりきれないように言う。

「もう少し経っても来なければ、友子さんの家に案内していただけませんか。友子さん
にどうしてもお会いしたいのです」

京介が言ったとき、相沢があっと声を上げた。

「来ました」

ひとりの婦人がゆっくり近づいて来る。

やがて、婦人は貝原と相沢のそばにやってきた。

「東京からいらっしゃった鶴見弁護士です」

貝原が紹介した。

「鶴見です。まず、船尾さんにお会いください」

「はい」

友子は緊張した面持ちで墓に向かった。

まだ、船尾は額ずいていた。

「もう三十分近く経ちます」

貝原が言う。

「船尾さんは、自分が文子さんを自殺に追い込んだと思い込んでいます。その罪の意識に苛《さいな》まれながらこの五十年余りを社会の片隅で生きてきました。この間、船尾さんは心から笑ったことはなかったんじゃないでしょうか」

京介は友子に話し、

「文子さんは激しい咳や痰、息切れなどの症状に悩まされ、ひとたび発作が起きると生死を彷徨《さまよ》うような苦しみに襲われたそうですね」

「………」

「文子さんは船尾さんを愛していたんですよね。そんな文子さんが船尾さんに遺書を残さず自死されたことが、私には信じられないのです」

京介は友子の目を見つめ、

「こんなことを口にして失礼かと思いますが、ほんとうは船尾さん宛の遺書があったのではないか。そんな気がしてならないのです」

「遺書ですって」

貝原が口をはさみ、

「そんな遺書はなかったということですが」

と、京介に伝えた。

「どうなんでしょうか」

京介は友子に確かめた。

「…………」

友子は口を閉ざしている。

「どうなんでしょうか。五十年以上、船尾さんは苦しんできたのです。もし、遺書があるなら……」

「まさか、船尾さんと再会出来るとは思ってもいませんでした」

京介の話が聞こえなかったように、友子は口を開いた。

「失礼します」

友子は京介に会釈をし、よろけるように額ずいている船尾に近づいて行った。傍に立ちどまって、そっと声をかけた。

「船尾さん」

船尾は弾けたように振り返って立ち上がった。

「文子の妹の友子です」

「友ちゃん……」

船尾は昔の呼び方をした。

「声が文子さんにそっくりでした」

船尾が感慨深げに言ったあと、いきなりその場に土下座した。

「許してください。あなたのお姉さんを自殺に追い込んだのは私なんです。喘息の発作に陥った文子さんを見て、私は足がすくんでしまいました。結婚したら、一生こんな思いをしなければならないのかと思うと恐くなって……」

「船尾さん。お顔を上げてください。謝らなければならないのは私なんです。実は姉のベッドに船尾さん宛の遺書がありました」

「遺書?」

船尾が顔を上げた。

友子はしゃがんで船尾の手をとり、

「ごめんなさい。私が遺書を隠したんです」

「隠した?」

「遺書にはこう書いてありました。こんな病気にかかって、私はあなたと結婚は出来ません。前途あるあなたの足を引っ張るわけにはいきません。どうか、よいひとと結ばれて仕合わせになってください。それが私の最後の望みです……」

友子はまるで読んでいるかのように遺書の内容を話した。

「姉の願いを無視し、あなたの一生をだいなしにしたのは私なんです。船尾さん、ごめんなさい」

「友子さん」

京介が口をはさんだ。

「あなたは、なぜそのようなことをしたのですか」

「船尾さんとのデートから帰ってきた姉が、自分の部屋で泣いていたのです。絶望的な泣き声でした。姉が落ち着いてから、船尾さんと何かあったのとききました。姉はそのとき、こう言ったんです。船尾さんが悪いんじゃないわ。みんな公害のせいよって」

友子は大きく息を吐き、

「船尾さんから別れ話を出されたのだと思いました。その翌日、喘息の発作が起きて入院しましたが、もう姉が病気と闘う気力は失せていたんだと思います。病院の屋上から飛び下りたと聞いたとき、私はすぐ船尾さんのせいだと思いました。ベッドで遺書を見つけたとき、最期まで船尾さんに気をつかっていた姉が不憫《ふびん》になって……。胸が苦しいと書いてあった紙だけ残して、遺書は処分しました。胸が苦しいというのは、喘息の苦しみではなく、失恋の苦痛だと、船尾さんならわかると思ったんです。私は船尾さんに姉の復讐をするつもりで遺書を隠したんです」

友子は船尾に頭を下げ、

「ごめんなさい。姉は決して船尾さんを恨んでいませんでした。むしろ、船尾さんの仕合わせを祈って死んでいったのです」

「そうじゃない。どんなに重い病気だったとしても、私は最後まで文子さんを守っていくべきだったのです。文子さんにそのような遺書を書かせたのは私の責任です」

京介たちはふたりきりにしてやるために、門のほうに向かった。

「先生はどうして遺書があると?」

貝原が不思議そうにきいた。

「愛し合っていたことがわかったからです。船尾さんは五十年以上も文子さんを思い続けてきた。それほど愛した女性、文子さんもまた深く船尾さんを愛していただろうと考えました。文子さんはたとえ船尾さんの心が変わろうが、船尾さんへの当てつけで死ぬような女性ではないと思いました。それに、船尾さんは文子さんが嫌いになったのではなく、喘息に恐れをなしたのです。そのことは十分に文子さんもわかっていたでしょう。だから、文子さんは船尾さんに、自分の思いを伝えて死んでいったはずだと……」

京介は深呼吸をし、

「これで船尾さんはもうだいじょうぶだと思います。あとはお願いいたします」

「わかりました。四日市公害の語り部として、これからの人生を四日市で送っていただきます」

貝原は応じてから、

「鶴見先生はひょっとして……」

「なんでしょう」

「文子さんの心を思いやることが出来たのは、先生が今、恋をしている真っ最中だからではないんですか」

「まさか」

京介は苦笑しながら、ニューヨークにいる蘭子のことを思い出していた。

解説

小梛治宣

裁判員制度が導入されてから、法廷ミステリーの様相にも変化が生じてきている。弁護士、検事、判事という法廷を構成する従来からの三要素の外に、専門知識をもたない裁判員という要素が新たに加わったのだ。しかも一つの裁判でその数は複数である。この裁判員の視点から法廷ミステリーが書かれるとすれば、当然法廷ミステリーの世界は大きく広がっていく可能性があるはずである。水木邦夫弁護士シリーズ（『絆』がその代表作）などで、法廷ミステリーの秀作を数多く世に出してきた小杉健治は、この裁判員の登場する新たな法廷ミステリーの分野でも、先駆的役割を果たしてきた。タイトルもそのものズバリの『裁判員——もう一つの評議』（NHK出版）をはじめとして、鶴見京介弁護士シリーズの最初の二冊『黙秘』と『疑惑』にもその副題に「裁判員裁判」とあり、そこでの鶴見弁護士は、裁判員が主演である舞台の、どちらかといえば脇役のような役割を演じていた。シリーズ三冊目からは、鶴見弁護士が、舞台の中心に立つようになってくるのだが、シリーズ九作目となる本作では、鶴見弁護士と裁判員とが共演する形で、読者の心の琴線を揺するドラマが生み出されていくことになる。では、それはいかなるドラマなのであろうか。

その事件は、七七歳のホームレス、岩田貞夫が、葛飾区四つ木の荒川河川敷で二七歳の馬淵将也を鉄パイプで殴って殺害したというものであった。被害者は、派遣社員だったが、一年前からホームレスとなり、半年前に現場の河川敷で暮らすようになった。ところが、若い上に腕力があるため、そこに住む二〇人近いホームレスを支配するようになり、それに反発する者がいると、殴ったり蹴ったりした。岩田もその一人で、被害者に召使いのように扱われ、毎日のように怒鳴られていたという。そうしたことに対する怒りが、犯行の動機とみられていた。凶器の鉄パイプは岩田のもので、彼の指紋が着いている上に、岩田のテントからは被害者の持ち物だった腕時計や財布が発見されていた。岩田を犯人とするための、物証は十分に揃《そろ》っていた。

しかも、決定的だったのは、犯行現場の目撃証言であった。だが、若いながらも、これまで幾多の難事件や冤罪《えんざい》事件を、正義への揺らぐことのない信念で解決に導いてきた鶴見京介は、法廷での開口一番、「被告人は無実です」――と起訴状の事実を否定した。

「なぜ、馬淵将也は荒川河川敷にやってきたのでしょうか。若い馬淵にはその気になれば働き口はたくさんあったはずです。それなのに、なぜでしょうか。ここに、本件の重大な鍵が隠されているように思えてなりません」

と宣言した鶴見京介は、その「鍵」をどのようにして見つけ出すというのであろうか。

一方裁判員の一人で今年還暦を迎える貝原茂樹は、被告人が耳たぶを指の背ではさんでもむ、その仕種《しぐさ》を目にしたとき、脳裏にある人物の姿が浮かび上ってきた。

「被告人は岩田貞夫を名乗っているが、本名ではない。被告人の傍《そば》に行き、船尾さんではありませんかと、問い掛けたかった」

貝原にとって、船尾哲三は英雄であった。だがその姿を最後に見てから四五年が過ぎていた。その間に船尾に何が起こったのか。いかなる経緯で岩田と名乗るホームレスとなり、殺人事件の裁判の被告人席に立つようになってしまったのだろうか。

物語は一転して、半世紀前の四日市市へと遡《さかのぼ》る。その頃、つまり昭和三十年代半ばの四日市市といえば、まず思い出されるのが公害病の「四日市喘息《ぜんそく》」ではなかろうか。裁判員となった貝原は、四日市で生まれ育ち、祖父も彼自身も公害病の被害者だったのだ。石油化学コンビナートで大量に使用される燃料の重油は、硫黄分三％前後という質の悪いもので、排出される亜硫酸ガスなどの有害ガスが、その原因とされた。この亜硫酸ガスは、空気中で硫酸の霧、硫酸ミストとなって、トタンなどを腐食させるほどであった。その有害物質が、人体を襲った結果、主に体力の弱い者、子供や老人が悪質な喘息に悩まされることになったのだ。しかも、低所得者層に被害が顕著に現われたのである。昭和三八年に第二コンビナートが操業を始めると、喘息の被害はさらに拡大していった。昭和三九年に肺気腫で六二歳の男性が死亡するが、これが最初の公害病の犠牲者となった。

アジア初のオリンピックが東京で華々しく開催された、その裏では公害病という魔手が弱者を襲っていたのである。行政がようやく対策に乗り出したのは昭和四〇年五月のことで、四日市市単独の「公害病認定制度」が発足する。公害病と認定されると、保険の医療費自己負担分を市が肩代わりするというもので、貝原の祖父も認定を受けて入院していたのだった。だが、翌四一年には公害病認定患者の七五歳の男性が首吊《くびつ》り自殺するという、ショッキングな事態を招く。それにもかかわらず、県と市は新たに第三コンビナートを誘致することを市議会にはかり、満員の地元反対住民が見守る中、昭和四二年二月に強行採決で決定してしまった。

かくして、公害病患者九人が原告となって、その年の九月に塩浜の第一コンビナート六社を相手取っての公害訴訟を起こすことになるのである。貝原の祖父も原告の一人だったが、それを熱心に勧め、さらに訴訟を有利にすべく献身的に活動したのが、船尾だったのである。船尾は塩浜中学校の教師だったが、恋人を喘息が原因で亡くしていた。船尾にとって訴訟は恋人の敵討《かたきうち》でもあった。

第一回の口頭弁論が同年一二月一日に、津地方裁判所四日市支部で開かれるが、その同じ月の二五日に、四日市市長は被告企業六社の中核たる三菱油化の総務部長を助役に選任し、市議会がこれに同意しているのだ。これは、市の行政当局が、企業と連帯して被告側となって、公害患者、被害者の原告側と一戦を交える宣戦布告にも等しいものであった。四日市市そのものは被告にされていないにもかかわらず、あえて、企業側とタッグを組んだのである。原告側の苦戦は想像以上のものだったはずだ。誰もが勝てるとは思っていなかった中、船尾独りだけは勝利を信じて闘い続けた。

口頭弁論は、昭和四七年二月一日の結審まで五四回、五年に及んだ。強行採決された第三コンビナートが営業運転を開始したのが、ちょうどこの日だった。同年七月二四日に判決が言い渡されたが、原告側の全面的勝利となった。企業側は控訴せず、これを機に公害対策への企業側の本格的な取り組みが始まることになる。

ところが、船尾は勝訴の祝杯を挙げることもなく、四日市から忽然《こつぜん》と姿を消してしまったのだ。それが今から四五年前のことなのである。船尾は、なぜ姿を消してしまったのか。それればかりか、他人になりすましているのはなぜか。これが本作を貫いている、そして鶴見弁護士が解き明かさねばならぬ最大の謎なのである。それは、船尾の過去とどう関わっているのか――自らの英雄を救《たす》けるべく貝原も独自に調べ始めた。

さて、ホームレス殺人事件の裁判に目を転ずると、鶴見弁護士の攻撃の切掛けとなったのは、目撃証人、早川三郎の証言内容だった。鶴見京介は、ある事実を根拠に、その矛盾を衝く。それが功を奏せば証言そのものの価値が失われ、被告人が無罪となる可能性が出てくるのだ。果して、鶴見は、いかなる事実を突きつけて、証人の証言を覆そうというのか……。その法廷テクニックも本書の読み所の一つと言えよう。

さて、いくら質《ただ》しても自らが船尾哲三であることを断固として認めなかった岩田だったが、本物の岩田を知っている人物が現われたことで、「被告人岩田」が、岩田ではないことが明白となってしまった。だが、そうなると本物の岩田が生きている可能性はきわめて小さい。もし死んでいるとすれば、その死に被告人が関わっているかもしれないのだ。むしろ、死んだことを知っていたから、安心して岩田の名を騙《かた》ることができたと考えることの方が自然である。さらに、貝原の調査で、船尾の失踪と時を同じくして、殺人事件が四日市で起っていたことが明らかとなる。しかも死んだのは、船尾とも面識のある男なのだ……。この四日市の事件は犯人が捕まらず、迷宮入りとなっていた。鶴見は、現在の事件ばかりでなく、遠い過去の事件を解明する必要にも迫られることになっていく。そこに、強力な助っ人として登場するのが、裁判員の貝原だ。いわば、弁護士の鶴見と裁判員の貝原との二人三脚で、真実が明らかにされていくことになる。そして、そこに作者が切り開かんとする法廷ミステリーの新機軸が見えてくるのである。

船尾が四日市から姿を消した、その真の理由が明かされたそのとき、読者の心は大きく波立つに違いない。ある「罪の意識」を心に秘めて生きてきた、その半世紀を思う時、なんとも言いようのない悲しみが行間からヒシヒシと伝わってくる。だが、そこには強烈な「愛」も感じ取ることができる。だから、小杉健治のミステリーは読後清々《すがすが》しい気持ちにさせてくれるのである。愛と正義——鶴見京介の弁護士力はまさにこの二つに裏打ちされていると言えるのではあるまいか。

作中で、なぜホームレスの岩田のために自分の貯金を取り崩してまで闘っているのかという質問に対して、京介はこう答えている。

「あのひとが船尾哲三であることは間違いありません。若き日に公害裁判を支援し、今はホームレスになっている。そういう人生に興味を持ったのです。何より、船尾さんを四日市に帰してあげたいのです。公害を克服し、きれいな空と空気を取り戻した四日市の現在を見せてあげたいのです。そして、貝原さんが言うように、四日市公害を語り継ぐ語り部になってもらいたいのです」

そして、さらに「そのために自腹を切ってまで」ときかれると、

「岩田さんを通していい経験をさせてもらっているからです。この弁護をすることで、自分も弁護士として人間として成長出来る、そういう機会に恵まれたと思っているのです。僅かな貯金を取り崩して活動資金にしていますが、幸いに私は独身で、守らねばならない家族はいないので」

この心構えこそが、鶴見京介に真骨頂を発揮させる原動力となっているのだろう。そして、それは作者の筆を走らせる原動力でもある、と私は思っている。だからこそ、過

去の作品も含めて、小杉健治の小説はいつまでも輝きを失わないのである。

ところで、鶴見京介のプライベートな面で気になるのが、柏田四郎法律事務所の同僚、牧原蘭子との恋の行方だ。「昼間は黒緑の眼鏡をかけ、地味な服装で」弁護士活動をしているが、「一歩仕事を離れたら華やかな美しさ」に変わる――その蘭子と、前作『逆転』ではある調査で金沢までいっしょに行き、ふたりの距離がかなり接近していたはずなのである。

ところが、本作では蘭子が突然事務所を辞めて、ニューヨークへ行くというのだ。いったい蘭子の身に何が起こったのか。京介にとっては気が気ではないだろうが、今後ふたりの仲がどうなるのか――読者にとっては次作が楽しみである。


（おなぎ・はるのぶ　日本大学教授、文芸評論家）

本書は、集英社文庫のために書き下ろされた作品です。

集英社文庫

最《さい》　期《ご》

2018年5月25日　第1刷　　定価はカバーに表示してあります。

著　者　小杉健治《こすぎけんじ》

発行者　村田登志江

発行所　株式会社　集英社
東京都千代田区一ツ橋2-5-10　〒101-8050
電話　【編集部】03-3230-6095
【読者係】03-3230-6080
【販売部】03-3230-6393（書店専用）

印　刷　株式会社 廣済堂

製　本　株式会社 廣済堂

フォーマットデザイン　アリヤマデザインストア　　マークデザイン　居山浩二

ISBN978-4-08-745741-4 C0193